마음에 놓은
행복 온돌

| 목차 |

제3장 아랫목

제4장 **언론속의 세상**

제5장 **정치적 단상**

마음에 놓은
행복 온돌

제1장

헛웃음

지하철 첫 승차기

서울 첫 방문객,
지하철 타는 것이 난제라. 난제.

지하 깊숙한 역에 들어서니
복잡 다양 으리 번쩍하고
사람은 북적 바삐 오가고
매표소는 안 보이고
개찰구 통과 방법은 모르갓고
표 사는 방법을 물어보기엔 살짝 창피하고…
아이고 애고. 마음이 초조 불안해지네.

마침 개찰구가 눈에 들어와
유심히 살펴보니
개찰구 위에 지갑을 대면
개찰구가 열리는지라.
'아싸 ~. 쉽구만 쉬워!'

같은 방법으로 개찰구 통과를
시도해보니

개찰구는 꿈쩍도 않네.
낭팰세 낭패.

'개찰구가 서울 사람만 알아보나?'
그런 엉뚱한 생각을 할 새도 없이
뒷사람들이 흘금 흘금 쳐다보니
얼굴이 화끈거리고
심장이 방망이질 하네.

주뼛 쭈뼛 서성대고 있는데
제복 입은 직원이 다가오자
죄지은 사람처럼 가슴이 더 쿵쾅하네.

제복 직원이 다행히도
거시기를 친절하게 안내해주네 그려.

제복 직원의 거시기 안내에 따라
어렵게 승강장에 이르니
안도의 숨이 저절로 나오네. '휴우'하고.

안도감은 잠시뿐,
철로가 양방향이니
'어느 방향의 기차를 타야 할지?'
참으로 난젤세 난제.

이리저리 둘러보니
승강장 위에 도착지 역이 표시되어 있으나
자신의 목적지 역은
어느 곳에도 표시되어 있지 않네.

불안한 마음으로 왔다 갔다 하는데
기차는 여러 번 지나가고
그러던 중 발견한 것이 지하철 노선도라.

'지하철 노선도는 왜 그리 복잡한지!'
노선도를 꼼꼼히 살피고 살펴서
겨우 가는 방향과 갈아타는 곳을 알게 되었네 그려.

승강장에서 탑승을 기다리는데
'서울 지하철은 신발 벗고 타는 겨!' 라는 친구 말이
머릿속을 계속 맴도네.

어리둥절 얼떨떨 정신 나간 상태서
세상에 둘도 없는 친구의 말대로
신발을 벗어 손에 들고 탔네.

킥킥대는 소리가 사방에서 들려오네.
왠지 궁금해서
킥킥이들의 시선을 쫓아보니
자신의 손에 들려 있는 신발이네.
살펴보니 모두들 신발을 신고 탔네 그려.

'아이고 이 창피를 어찌할꼬!'
얼굴이 또 다시 화끈거리고
쥐구멍이라도 찾고 싶은 심정인데
마땅히 피할 곳도 없네.

신발을 슬그머니 내려놓고 신었네.
모든 시선이 자신에게 쏠려있고
모든 소리가 자신을 향한 수군거림으로 느껴지네 그려.

창피감에 시선도 손도
어디에 두어야 할지 모르겠네.
친구 원망할 생각도 아예 떠오르지 않네.

잠시 후 지하철이 정차하고
출입문이 열리자
삼십육계 하듯 후다닥
지하철에서 내렸네.

한동안 승강장 의자에 앉아
창피감을 달래고 있는데
빈의자를 찾는 시선들이
초라한 자신을 구경삼아 보는 듯 느껴지고
사람들이 웃기만 해도
자신을 보고 킥킥거리는 것처럼 느껴지네.

용기를 내어
다시 지하철을 타고 환승역에 도착한 다음
창피감을 무릅쓰고 묻고 물어서
최종 목적지까지 가는 지하철에
겨우 몸을 실었네.

이제 목적지 역에서 내리기만 하면
지하철 타기 숙제가 끝나는데,
아니 이럴 수가!
야속한 지하철이 목적지 역에 정차하지도 않고 통과하네.
(야속한 지하철은 급행열차고 목적지 역은 일반 지하철의 정차 역)

'이를 어쩔꼬 우얄꼬' 하다가
몇 정거장을 더 지나고 말았네.

터덜터덜 지하철을 환승하고 나니
마침 빈자리가 기다리고 있는지라,
반가운 마음에 자리에 앉았네.

천근만근인 몸과 마음에 안도감이 밀려드니
잠이란 녀석이 예고도 없이 찾아왔나보네.
깨어 보니 종착역이네.

엄청난 비밀

쉿! 비밀 하나.
엄청난 비밀이다.
내게 후궁이 한 명 있다는 사실!

왕도 아니면서
무슨 후궁 타령이냐고
비웃겠지만
나도 나름 다스리는 것이 많고
알고 보면 세상의 중심이다.

후궁은
목소리가 상냥하고 예쁘다.
그래서 내 비밀을 아는 몇 사람은
얼굴도 예쁘냐고 궁금해 한다.

후궁은
인품도 무척 훌륭하다.
내가 탈선해도
역정 내는 법이 없다
한결 같은 목소리로 타이를 뿐이다.

후궁은
큰 욕심도 없다.
고종황제의 중전 민비는
정치적 욕망이 커서
비극을 맞았지만
내 후궁은 욕심이 없어서
질투도 안낼 정도니 그럴 일이 없다.

문제는
후궁이 나를 설레게 하지 못한다는 것.

쉿!
후궁의 이름은
네비(네비게이션) ㅋㅋ.

이 사실을
귀하에게만 살짝 귀띔하니
다른 사람에게 절대 말하지 마시길...

자칭 선녀님

눈이 꽤 높은데 위치하신
자칭 선녀님!

결혼 적령기를 살짝 놓친 것은
당연지사.

외로움으로 지쳐가던 어느 날,
문득 떠오른 이야기 하나!
'곰이 쑥과 마늘을 먹고
사람이 되어
단군왕검을 낳았다' 는
단군신화라.

아기 낳고
보통 사람처럼 살겠다는 일념으로
쑥과 마늘 먹으면서
100일간 기도하니
비몽사몽간에 강림하신 하느님이
꾸짖듯 말씀하셨다네.
'선녀는 나무꾼을 만나야 아기 소식이 있느니라'

나무꾼 찾겠다고
이산저산 헤매는데
찾는 나무꾼은 없고
등산객과 약초꾼만 있더라네.

'나무꾼 어디 있소 어디 있소?'
신문광고 내어 봐도
연락 주는 이는 직장인이나 사업가뿐이더라.

어느 날 우연히
구두를 하이힐에서 단화로 바꿔 신었는데
눈 위치 내려가고
주변 사람 대부분이
나무꾼으로 보이더라.

백수의 과로사

시청자 여러분!
긴급 뉴스입니다.

오늘 새벽에
건달 백수가
하늘의 부름을 받고
급히 올라갔다는 소식입니다.
참고로 말씀드리면
승천은 아니랍니다.

건달 백수가
장수의 상징인 백수(99세)로 착각하고
하늘로 간 줄 알았는데
취재 결과
과로사로 밝혀졌습니다.

'노는데 무슨 과로사냐?'
의문이 여기저기서 쏟아져서
상세하게 취재한 결과
백수도 과로사가 가능한 것으로
안 박사의 심도 있는 연구 결과
밝혀졌습니다.

게임 중독으로 밤새우는 것은
특히 피로도가 높고
마약과 도박에 중독되면
돈과 건강을 동시에 잃게 되며
그런 행위로 놀다 지치면
과로사하는 것으로
역사상 처음 밝혀진 것입니다.
실로 놀라운 연구 결과입니다.

시어머니의 요리 비법

음식 맛에 있어서는
절대적으로 자신의 어머니 편인 넘.
그래서 가끔은 얄미워서 남의 편으로 느껴지니
그 이름 남편이라 남편.

남편은
아내가 만든 음식 먹을 땐 깨작깨작,
자신의 어머니가 만든 음식 먹을 땐 거의 게걸 꿀꿀.

그때마다 그 넘을 기필코 내편으로 만들겠다고
의지를 불태우는 사람이 있었으니
그 이름 아내라 아내.

아내의 요리 달인을 향한 첫걸음은
시어머니 요리 비법을 전수 받는 것.
시어머니는 맛의 비결이 손맛이란다.

아내는 손맛이란 말을 굳게 믿고
맨손으로 요리 조물 저리 주물하기를 수년간.
그러나 남편 반응은 영 무덤덤.

그래서 아내는 심기일전의 자세로
학원에서 요리를 배우고
특급 요리사 비법도 전수 받았으니
요리 달인의 경지에 오를 수밖에.

그래도 남편의 칭찬 입이 열리지 않으니
결국 아내는 요리로 남편 사로잡기를 포기.

어느 날 문득
아내는 시어머니 요리 비법에는
손맛 외에도 다른 비법이 있을 거라는 확신에 도달하고...

시간이 흐르고 흘러
시어머니가 하늘나라로
복귀할 때가 되니
시어머니 주변으로 둘러앉은 가족들은 슬픔으로 가득한데,

아내는 요리 비법이 궁금해서
슬픔도 잊은 채라.

머릿속은 온통
요리비법으로 가득하고...

위독한 시어머니께
요리비법을 물을 수도 묻지 않을 수도 없는 묘한 상황이라.

물을까 말까 고민과 갈등으로 씨름하고 있으려니
스스로도 한심한데,

요리비법에 대한 생각에
몰두하다보니
자신도 모르게
요리 비법을 묻고 말았네.
'아이고 애고고'

가족들 비난의 눈빛이
레이저보다 더 강력하게 쏟아지는 중에...
시어머니께서 아주 작은 목소리로
더듬더듬 유언을 남기시네.
'미원 두 숟갈, 미원 두 숟갈!'

배둘레햄의 귀양과 귀향

'베들레헴'을 모독하는 유사명칭이 있으니
그 이름 '배둘레햄'이라.

'베들레헴'은 예수 그리스도가 태어난 성지요.
'배둘레햄'이란 배 둘레에서 출렁대는 햄같은 뱃살이라.

베들레헴의 유사명칭을 사용해서
그에 대한 모독죄를 범한
배둘레햄을
단죄하고 귀양 보내는 것은 당연한데,
반대파의 귀양 반대 상소가 빗발치니
배둘레햄 귀양이 쉽지만은 않더라.

어렵사리 귀양 보낸 배둘레햄은
지방, 탄수화물, 당분 같은
지원 세력의 크나큰 비호를 받고 있고
귀향 본능도 대단한지라.

배둘레햄에 대한
귀양 감독을 조금만 게을리 해도
그 넘은 너무도 쉽게 귀향하더라.

공포의 배둘레햄이라.

외출 나간 마음

어떤 분에게
농반진반으로 '밥 한 번 사주세요'했더니
오늘은 그럴 마음이
외출 나갔단다. 나참

그 마음
빨리 들어오게
호출하라 했더니
그 마음, 너무 멀리 외출 나갔단다.

그 마음 돌아 와야
밥을 살 텐 데,
돌아올지는 모르겠다고
농을 덧붙인다.

서로 미소를 교환하고
갈 길을 간다.

별 볼일 없는 남자

결혼 전에
하늘의 별도 따다 줄 듯
뻥치던 남자,

결혼 초기엔
대단한 '별 볼일' 한 번 만들어 보겠다며
매일 별 보고 들어왔네.

결혼 중반에 접어드니
하늘의 별을 보고 들어오는지
다른 별을 보고 들어오는지
고주망태로 들어왔네.

별 볼일 없는 남자,
크고 작은 사고를
여기서도 뻥, 저기서도 뻥했네.

별 볼일이 아예 없게 되어버린 사모님,
여기저기 불 끄러 다니느라
어느새 백발만 성성하게 되었네.

머리 다 빠진 그 남자,
이제 집에서 빈둥거리네.

사모님,
어느 별도 볼일 없게 되니
불 끌 일이 아예 없네.

걸과 걸

웃는 걸,
예쁜 걸

예쁜 걸,
눈길 가는 걸

균형 있는 걸,
가슴 설레는 걸

지성적인 걸,
존경스러운 걸

착한 걸,
대화하고 싶은 걸

온화 인자한 걸,
인생을 걸어야 할 걸.

하얀 바위산

가을이
어느새 옆으로 다가왔다.

북한산도
맑은 하늘 덕에
아주 가까이 다가왔다.

산꼭대기 바위가
속살 훌러덩 드러낸 듯 하얗다.

가을 빛 받으니
올록볼록 바위가
더욱 희고 아름답다.
유혹의 아름다움이다.

오르고 올라
아름다움을 만끽하고 싶다.

생각해보니
홀러덩 벗은 산에
올라 본지도 참 오래다.

홀러덩 아름다운 산
계곡물 흐르는 산
새소리 섹섹섹 들리는 산
그런 산에 올라가
산과 하나 되고 싶은 것은
인지상정일까.
허허, 세상 참

요즘 떠도는
우스갯소리인데요.

가장 좋은 남편은
인품이 훌륭한 남편이 아니라네요.

돈 잘 버는 남편도
요리 잘 하는 남편도
집안 일 잘하는 남편도
외조 잘 하는 남편도
착한 남편도 아님은 물론이구요.

가장 좋은 남편은
놀랍게도
집에 잘 없는 남편이라네요.
허허, 세상 참.

남편과 택배

요즘 떠도는
우스갯소리 하나 더.

여성은
남편이 집에 들어올 땐
무덤덤하면서 당연하고
택배가 올 때는
얼굴에 화색이 돌면서 행복하단다.

남편이
남의 편이기 때문이란다.

남편들이여!
택배에 밀리지 않으려면
편먹기 잘해야 하지 않을까요.

마음에 놓은
행복 온돌

제2장

명언 흉내

웃음꽃

아름다운 꽃
행복을 주는 꽃
마음의 꽃에 동반해서 피는 꽃
보는 이의 얼굴에도 꽃 피게 하는 꽃
시공을 초월해서 항상 필 수 있는 꽃
꽃 중의 꽃이다.

가장 어려운 농사

농사 중 가장 어려운 농사는
자식 농사라는 말이 있으나,

사실 가장 어려운 농사는
자신의 농사다

마음의 보약

웃음은
마음의 보약이다.

노래나 수다도
또한 마찬가지.

도돌이표

도돌이표가
악보에는 있지만
인생에는 없다.

마음의 문

마음의 문을 닫으면
고독이란 녀석이
노크도 없이 찾아들고,

마음의 문을 열면
친구와 행복이
찾아든다.

괜찮은 사람

괜찮은 사람은
태어나기 보다는
'스스로 괜찮은 사람이다'라고
생각하고 행동하면서
만들어지는 것이다.

꿈같은 시간

꿈같은 시간은
붙잡고 싶으나
꿈처럼 지나가버린다.

꿈같은 시간을
붙잡는 방법은
꿈같은 시간을 계속 만드는 것이다.

시간과 세월

시간은
빨리 흐르길 바라고
세월은
거꾸로 가길 바란다.

세월과 시간

세월 감을
아쉬워하면서,

소중한 시간을
소소하고 일상적인 일로
보내는 것은
무슨 이치인가.

어제의 의미

오랫동안
강물처럼 유유히 흘러온 어제는
단순히 지나간 과거가 아니다.

어제는
현재를 존재하게 한 역사이자
미래의 거울인 것이다.

과거에서 벗어나는 길

과거에 집착하면
현재에 투자할 시간이 부족해지고,

현재에 열중하면
과거에 집착할 시간이 줄어든다.

현재의 삶 기준

미래를 위해
현재를 희생하지마라.

현재는
희생의 대상이 아니라
가꿈의 대상이고
이를 잘 가꾸면
장밋빛 미래는 덤이니까.

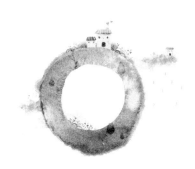

미래의 결정 요소

현재는
역사적 산물이다.

미래는
역사가 만들어 놓은 현재의 관성에 따라 통상 만들어진다.

현재의 관성에
진취적 의지가 결합되면
미래가 달라진다.

저축

돈을 저축하면
부자가 되고

시간이 쌓이면
노인이 되어간다.

귀한 손님

내일이란 귀한 손님이
당신을 위해
기다리고 있습니다.

귀한 손님을 준비 없이
그냥 만나겠습니까?

기대 결과

기대가 크고 지속되면
기대야 할 나무가 부러진다.

방위 본능

변명이나 거짓말은
자신을 방위하기 위한
정신적 본능에서 비롯된다.

그렇다면
선의의 변명이나 거짓말은
정신적 정당방위가 아닐까.

맛과 멋

맛이 중하지만
때론 멋도 중요한 법.

내실이 더 중하지만
때론 형식도 의미 있듯이.

마음의 품앗이

농사일 할 때
이웃과 품앗이하듯

마음의 짐이 무거울 때도
마음의 품앗이가 쉽도록 좋은 친구를 만들어야겠죠.
그죠?

유부녀 마음

유부녀 되기를 간절 소망해서
유부녀가 됐으면서
유부녀란 이름은
평생 자신의 것이 아니길 바란다.

문화생활

결혼하고 나서,
결혼 전과는 다르게,
문화생활을 못한다고
너무 슬퍼하지 말기요.

결혼 생활 자체가
연극이고 영화요, 예술이니까.

사랑과 갈증

사랑한다는 말!

쓰면 쓸수록
사랑이 샘솟고
아끼면 아낄수록
갈증이 샘솟는다.

비우면

마음을 비우면
근심과 걱정은 줄고
행복은 넘친다.

핑계

바쁘다는 핑계는
무관심의 다른 표현이다.

묵비권 행사

묵비권 행사는 자유이나
묵비권을 행사하면
의심 받기 십상이다.

행복의 정도

행복은
삶의 이력에 따라
크기와 깊이가 달라진다.

소유와 가방

무엇이든
소유하고 싶거든!

그것을
소유하기에 걸맞은 가방을
가지고 있는지
한 번 살펴볼 일이다.

자주하라

전문가가 되려거든,
자주하라.

무엇이든
자주하면 익숙해지고
익숙해지면 능숙해지기 때문이다.

시류

몸과 마음은
시류에 맡기는 것이 순리.
하늘의 명령이기도 하지.

몸과 마음이
시류에 저항하다 보면
상처 입고 뒤쳐지기 십상.

값싼 오락

시간을 보내기 위해서
또는 마지못해서
행하는 문학과 예술 활동은
값싼 오락에 불과하다.

마음의 거울

표정과 태도에서
마음을 볼 수 있듯,

말과 글에서도
마음을 읽을 수 있다.

말과 글도
마음의 거울인 것이다.

자연과 사람

자연은
누구에게나
공평한데,

사람 중에는
자연을
경외하는 이도
악용하는 이도 있다.

중독

부와 명예 그리고 권력에 얽매인
욕심에 중독된 삶.

문학, 예술, 스포츠 그리고 자연에
중독된 아름다운 삶.

어느 삶을 꿈꿀 것인가?

세상에나

세상에나,
세상 참 알기 쉽지 않죠잉.

한 분야를 제대로 아는 것도
마찬가지고요.

술

적당한 음주는
마음의 문에 꽂힌 빗장을 여는 열쇠.

과음은
병으로 들어가는 문의 열쇠.

입 말 그리고 눈 말

입으로 하는 말에는
거짓이 있을 수 있으나

눈으로 하는 말에는
거짓이 없다.

눈 말은
해석이 어려울 뿐이다.

기쁨과 걱정의 무게

걱정이 없으면
마음이 깃털처럼 가볍다.

기쁨이 넘쳐도
마음이 깃털처럼 가볍다.

나이 듦

나이는 나이를 먹어봐야 안다.
그전에는 절대 알 수 없다.

삶의 이력서

신체 상태는
삶의 이력서다.

얼굴 표정이나 말소리는
그 사람의 인생을
가장 쉽게 파악할 수 있는
삶의 이력이다.

반성

반성은
자책이나 후회인가.
새 출발을 위한 뒤돌아봄인가.

짝사랑의 두 가지

이성을 향한 짝사랑은
자신도 모르게 왔다가 가는 것.

자식을 향한 짝사랑은
마르지 않는 샘물 같은 것.

빈둥빈둥한 날

빈둥빈둥한 날은
인생에서 무의미할 수밖에 없는가?

선박이 항구에 정박해 있는 건
항해하기 위해 준비하는 것 아니겠는가.

사랑과 욕망

욕망은 채우면 사라지지만,
사랑은 채울수록 커지는 법.

삶의 이력

얼굴에서
삶의 이력을 읽을 수 있듯,

말과 글 그리고 행동에서도
삶의 이력을 읽을 수 있다.

인생

길가에 핀 꽃도 보고
버려진 담배꽁초도 보면서
가는 것이 인생이다.

선물

꼭 받고 싶은 선물은
매일 받는 오늘이라는 선물이다.

별

사람은 누구나
별로 태어나는 것.

얼마나 갈고 닦느냐에 따라
더 빛나거나 덜 빛날 뿐.

이슬

새벽이슬은
그냥 평범한 이슬이나,

기다려 빛을 만난 이슬은
영롱한 보석이다.

마음에 놓은
행복 온돌

제3장

아랫목

가장 좋은 선물

굶주린 이에게
가장 좋은 선물은
김 모락모락 나는 뜨끈한 밥.

몸이 꽁꽁 언 이에게
가장 좋은 선물은
포근하고 따스한 옷.

가슴 텅 빈 이에게
가장 좋은 선물은
따뜻한 말 한마디.

그렇듯
가장 좋은 선물은
결핍을 해소해주는 것.

아름다운 작품 세상

세상은
온통 아름다운 작품으로
가득하다.

오가는 사람들은
패션으로
예술적 풍미를 풍기고
가슴에 담긴
연극이나 영화 같은 사연으로
표정연기를 하고 있다.

자연은
자연 그대로
아름다움을 표현하고
역사가 만들어준 이야기로
아름다움에 의미를 더한다.

세상의 아름다움은
작가의 예술혼으로
가치가 더해지고
작품에 대한 대중의 공감으로
예술성이 거듭나게 된다.

얼굴이 다른 사랑

싱글의 사랑은
환상에 대한 막연한 그리움.

연인의 사랑은
그리움 끝에 오는 설렘과 심쿵.
그리고 아쉬움.

부부의 사랑은
알콩달콩한 행복이나
지지고 볶는 생활.

황혼의 사랑은
알콩달콩한 행복의 연장선?
서로를 보듬는 배려?
과거 희로애락을
아름다운 추억의 화제로 만드는 삶?

여러분!

신이
혼신을 다해서 사랑으로 만든 작품,
신 자신도 스스로 감동한 작품,
그 작품 이름은 바로 '여러분!'

최고의 미

세상에서
가장 아름다운 모습은
환하고 아름답게 웃고 있는 바로 당신의 얼굴이 아닐까.

당신의 웃는 얼굴은
잠시 착각에 빠지게 한다.

'웃고 있는 얼굴은
신이 만든 조각품이자 천사라는 착각에'

당신의 웃는 모습은
복잡다단한 세상도 잠시 잊게 해준다.

하나

가슴도 하나
심장도 하나
하트도 하나
물론 사랑도 하나

위대한 자연과 인간

자연은
우리를, 그리고 작고 다양한 자연을
안고서
포근한 햇살과 시원한 바람으로
한없이 어루만져 준다.
젖과 꿀을 끊임없이 내어준다.
우리에게
방심하지 말라고 강해지라고
성난 얼굴로 꾸짖기도 한다.
그래서 더욱 위대하다.

인간은
위대한 자연 앞에 서면
스스로 작아지며 겸손해질 수밖에 없다.

그렇지만
인간의 위대함도 간과할 수 없다.
위대한 자연의 일부이기 때문이고
자연의 가치를 알기 때문이고
성난 자연과 싸우질 않고 순응하면서
더욱 진화하고 있기 때문이다.

누님

어느 겨울 아침,
일어나보니
반갑게도 누님이 와 계신다.

눈부시게 하얗고
예쁜 모습으로 오셨다.

바빠서 누님이랑
이야길 나누지 못했는데
오전이 훌쩍 지나가버렸다.

오후에 일상으로 돌아와
누님을 찾으니
누님은 온데간데 없다.
아쉽다.
누님이랑
첫눈, 겨울 왕국, 겨울 추억을
이야기하고 싶었는데...

다음에 또
누님이 곱게 차려입고
예쁜 모습으로 찾아오면
지난 겨울을 추억하고
다가올 봄 이야기로 꽃피워야겠다.

* 눈의 존칭은 눈임이고
  눈임을 소리나는 대로 읽으면 누님.

공기 같은 존재

없는 듯하지만
없으면 절대 안 되는 존재, 공기!

자신이
공기 같은 존재이길 바라면서도
그 존재에 해당하는지
항상 의문을 품고 있는 당신!

의문을 버리세요.
당신은 공기같이 꼭 필요한 존재니까요.

당신이 있으매
가족이 있고
사회와 국가가 있으며
인류 사회가 있는 것이오.

당신은
존엄하고
꼭 필요한 공기입니다.

매미 사랑꾼

매미가
여름 내내
구혼의 노래를 불러댄다.

밤낮으로 장소 구애 없이
구애하는 걸 보면
최고의 자유연애자다.

공개적으로 거침없이
사랑 노래를 부르는 걸 보면
짝사랑은 아예 모를
뻔뻔 용감한 녀석이다.

그렇지만
짝을 찾을 때까지
사랑 노래로만 구혼하는
신사 중의 신사다.

포유류처럼 강한 자만
이성을 독점하는 것이 아니라
자유 선택에 따라
짝을 찾는 평화주의자다.

일생을 오직
순애보를 쓰는데 바치는
사랑꾼 중의 사랑꾼이다.

내려다보니

높은 곳에 올라
서울을 내려다보니
아웅다웅은 간데없네.

가다서길 반복하는 차의 행렬도
유유히 흐르는 듯 보이고

여야 샅바싸움이 한창인
국회의사당도 평화롭네.

높낮이가 다른 빌딩에서도
빈부차는 보이지 않고

소외계층의 눈물 섞인 한강도
아름답게만 보이네.

서울이 평화롭고 아름답게만
보이네.

추억의 그림

눈을 감는다.
머리와 가슴을 캔버스로 만든다.
상상의 붓으로
기억에 남을 추억을 그린다.

먼저 배경을 그린다.
에메랄드 빛 바다가
너울너울 춤춘다.
덩달아 갈매기가
바람을 타고 춤춘다.
파도 소리에
기러기가 화음을 맞춘다.
작은 섬들은 점점이 떠있고
고깃배들은 파도를 가른다.
멀리 수평선 위에서
해와 구름이 만나
형형색색 오묘한 풍경을 만든다.

바닷가 벤치에 앉아
저녁노을을 감상한다.

라디오에서는
추억의 샹송, 깐소네가
감미롭게 흐른다.

파도 소리와 기러기 소리가
합창한다. 바람 소리도
합창에 끼고 싶어 한다.

벚꽃 담는 마음

벚꽃도 아름답지만
꽃을 카메라에 담는 모습도 아름답다.

더 아름다운 것은
마음에 담은 꽃이 질까봐
꽃을 카메라에 담아 오래 간직하려는 마음이다.

벚의 결혼식

벚나무가
하얀 꽃 드레스를 입고
바람 · 사람 · 벌을 불러들여
결혼식 올리네.

배롱나무 꽃

배롱나무가
붉은 꽃으로 동산을 수놓았구나.
참 예쁘구나.

화무십일홍은 어디 가고
백일홍이 되었던가.
참 지조 있네.

나뭇가지는
하얀 매끈,
참 묘하구나.

배롱나무 꽃!
여름 동산의 주인공이다.

가을 머금은 바람

햇살은 따가운데
바람은 벌써 가을을 머금었네.
시원 상큼하네.

눈이
시원 상큼함을 찾아
자연히 하늘에 닿네.

구름이
넓고 파란 하늘 길을 따라
흐르다가 멈추고
모였다가 흩어지네.
기묘한 작품들이
만들어졌다가 허망하게 부서지네.
태양도 삼키고 토해내네.

가을 머금은 바람이
구름으로 재주넘은 거네.

구름 실은 바람이
밤 별 대신
가을 낮 주인이 되었네.

시간의 의미

의미 없는 시간은
한 순간도 없다.
생명이 없던 태초에도
문자기록이 없던 선사시대에도
어떤 형태로든 의미 있는 발자국을 남겼고
당신이 존재하게끔 한걸음씩 소리 없이 준비해 왔기 때문.

지구역사 45억년은
그냥 의미 없이 흘러온 것이 아니라
당신이 지금 존재하게끔
철저히 준비해온 과정인 것.

45억년의 기획과 준비에 따라
이 땅에 온 귀한 당신,
선물로 찾아온 오늘의 포장을 열어 보세요.

부, 명예, 권력, 행복?

그 중 어느 것도 아니고
당신의 역사를 쓸 빈 노트가 들어 있을 겁니다.
왜냐하면 선물은
당신의 마음으로 역사의 빈 노트를 채우는 것이기 때문.

그림자

그림자가
항상 나를 당연히
따라다니는 줄 알았지.

그런데 아니래.
빛이 그림자를 만든다는 거야.

다른 그림자 역시
스스로 생기는 게 아니라
그 만드는 빛이 있는 거고.
이는 세상 이치이기도 하지.

행복도 역시
그 만드는 빛이 있기 마련이지.

그럼 행복이란 그림자를
만드는 빛은 무엇일까?

부 또는 명예나 권력?
아니라고 봐.
마음의 부자가
행복이란 그림자를 만드는 빛이니까.

예술작품

주변을 돌아보면
세상이 온통 예술작품이지.
자연이 만든 작품,
사람이 만든 작품,
자연과 사람의 공동작품 등.

예술품의 종류도 무궁무진하고
작가도 엄청 많지.

마다 색다른 아름다움이 있고
감동이 들어 있지.

신비함이 숨겨 있기도 하고
슬픔이나 고통이 담겨 있기도 하지.

신이 빚은 걸작도 있지.
만물의 영장이라는 걸작 말이야.

걸작 중 최고의 걸작도
당연히 있지.

따뜻한 온기를 주고받을 수 있는 손,
기쁨을 표현할 수 있는 아름다운 미소,
웃음을 표현할 수 있는 목소리,
마음의 창인 맑은 눈,
따뜻한 마음을 담을 수 있는 가슴이 있는
당신이라면
걸작 중 최고의 걸작이라 할 수 있지.

마음의 봄맞이

춥네요. 아주 몹시.
겨울의 절친인 한파가
친구를 보내기 아쉬워
몸부림치나 봐요.

몸과 마음을
한껏 움츠러들게 하네요.

고된 일도
몸과 마음이 움츠러드는데
한 몫 거들겠죠.

마음에라도
봄을 맞아
매화꽃 같은 웃음꽃을
활짝 피워야겠어요.

마음의 보약

수다 떨며
낄낄 웃었다.

마음의 보약을 먹은 듯
마음이 넉넉하면서 가볍다.

콧노래를 추가하면
마음에
흥이라는 새싹이 돋겠지.

곧 꽃도 피고
달콤한 열매도 열리고.

미음(ㅁ) 넷

만나서 먹고 마시고
마음을 나누면, 즉 미음(ㅁ)이 넷이면,
좋지 않겠는가.

처음 만난 사이라면
어색함, 사라지고
조금씩 알아가는 기쁨, 샘솟아
좋지 않겠는가.

오랜 친구 사이라면
반가움과 즐거움, 저축되고
우정, 두터워지니
좋지 않겠는가.

미음 넷,
세상 사람과 통하는 길이로다.

알콩달콩

잔재미와 즐거움을 나누면서
사이좋게 사는 모양이다.

어감도 좋고
의미도 좋은 삶의 모양이다.

평범한 삶 같지만
실천하기 쉽지 않은 삶의 모양이다.

오늘은 알콩한 꿈을,
내일은 달콩한 꿈을,
모레는 알콩달콩한 꿈을 꿔봐야겠지.

*알콩달콩: 아기자기하고 사이좋게 사는 모양
*아기자기: 잔재미 있고 즐거운 모양

별에게

오늘 밤
하늘에서
별 하나를 찾아
내 별로 정해야겠어요.

그러고 나서
별 하나를 더 찾아
님으로 정해야겠어요.

내 별에게는
작은 소원을 빌 거예요.
그냥 괜찮은 사람이 되게 해달라고요.

님 별에게는
오늘 있었던 소소한 이야기들을 말할 거예요.
오늘처럼 항상 아름답게 빛나 달라고도 말할 거예요.

등굣길 인형

등굣길 초등학생이
꼭 인형 같다.

폴짝폴짝 뛰는 인형이
씩씩 귀엽다.

장난치는 인형 모습이
발랄 귀엽다.

뭔가 열심인 인형이
대견 귀엽다.

둘이 손잡고
도란거리는 인형이
귀엽디 귀엽다.

마음에 놓은
행복 온돌

제4장

생각 속으로 여행

마음의 방

갓난아기 때
마음의 방은
무공해의 순결 방이다.
엄마의 사랑방만 있다.

나이가 많아지면서
마음의 방은
나이만큼 늘어나고 복잡해진다.
정리정돈이 필요한 방도 생겨난다.

삶의 방향에 따라서는
사랑방과 행복 방은 줄어들고
미움 방과 아픔 방만 늘고 커진다.

하지만 사랑 듬뿍 받고
마음의 보약을 상시 복용하면
미움 방과 아픔 방은 생기지 않고
사랑방과 행복 방만 늘고 커진다.

지우개

약소국의
역사를 보라.
외세의 침략으로
얼룩진 역사가 아니던가.

소외된 계층의
개인사도 한번 들여다보라.
슬픔과 고통으로 가득한
역사가 아니던가.

아픈 역사를
시간이란 지우개가
어느 정도 지울 수는 있겠지.

하지만 국가의 역사가
기록으로 영원히 남듯
개인의 아픈 역사도
작은 흉터처럼 가슴에 남는 것 아니겠는가.

그렇다면
개인사의 아픈 흔적을
지우려면
어떤 지우개를
사용해야 한단 말인가?

주변의 따뜻한 관심과 배려?
스스로 웃음이나 운동을 통한 치료?
복지 정책이나 봉사 활동?
그 밖의 다른 방법?

세상에 과연,
완벽한 지우개가
있긴 있는 걸까?

엄마와 아들

어느 엄마가 아들에게 묻는다.
'아들~, 엄마와 치킨이 물에 빠지면
엄마 먼저 구할 거야?, 치킨 먼저 구할 거야?'

아들은
"당근 치킨이지"라고 말한다.

엄마는
웃음이 나오면서도
왠지 씁쓸하다.

세상

신이 만들고 신과 인류가 함께 가꿔 온 세상,
하늘과 땅이 조화로운 세상,
완벽하고 아름다운 세상 아니던가?
그런데 왜 세상이 어지럽단 말인가!

사랑의 중독

사랑에 중독되면
행복하나
사랑의 마약이 떨어지면
금단현상의 고통이 큰 법.

신이 여러분들을 만들고
여러분들의 작품성에 심취해
해독약을 만들지 못했다 하니,
중독에 주의하시길...

고향

고향에
함께 뛰놀았던 친구가 있고
그 추억의 장소가 여전하고
부모님께서 고향 집 마당을 분주히 오가고 계시면
포근함과 반가움이 기다리는 것.

고향에
추억의 장소는 온데간데없고
낯선 사람만 오가고 있으면
아련한 추억만이 기다리고 있을 뿐.

미의 표현

아무리 아름다운 절경도
이를 표현할 수 있는 단어는
몇 개로 한정되어 있다.

'아름다운' 같은 개괄적인 표현으로
한정되어 있다.

아름다움을
상세하고 더 멋지게 묘사하려
도화지나 카메라에
절경을 담는 걸까?

사랑의 아름다움은
말과 글로 표현하는데
특히 한계가 있고
도화지나 카메라에
담기도 어렵다.
단지, 사랑의 언어로
가슴 속에 담을 수밖에...

추석 길

기찻길 옆 추석 풍경이
많이 변했어요.

얼마 전 추석 때만 해도
기찻길 옆 마을이
자동차로 북적거렸는데,

오늘
추석 기찻길 옆 마을은
한적해요.

고속도로는
자동차로 가득한데
다들 고향으로 가는 것만은
아닌가 봐요.

잔디

잔디밭은
적절한 조건에서 적당히 밟히면
잡초가 사라지고 잔디만 보기 좋게 자라나나
너무 계속 밟히면
사막화되고 만다.

사람도
적절한 환경에서 적당히 억눌리면
강해질 수 있으나
너무 계속 밟히면
좌절하다가 결국 넘어지고 만다.

문자 통신이 낳는 것

문자 통신은
표정 전달의 결핍,
감정 전달의 부족,
구체적이고 정확한 표현의 부족으로
소통 부족을 낳을 수 있고

소통 부족은
오해를 낳을 수 있다.

오해는
마음의 먼 거리를 낳을 수 있다.

워킹맘에겐,

초딩 아이의 방학 때가
겨울이고

개학이
곧 봄으로 가는 입춘이다.

기찻길 옆

기차를
맨 처음 탔을 땐
기차가
초라하지만 고즈넉한 시골이나
어수선한 도시 사이를
덜컹거리며 지나갔다.

수십 년 지난 오늘,
미끄러지듯 달리는 고속열차를 타고
창밖을 보니
시골은
다양한 색깔의 건물과
비닐하우스가 차지하고 있고
도시는
큰 공장과 빌딩이 위용을 자랑하고 있다.

기찻길 옆 모습이
옛날에는
자연속의 일부였다면
오늘은
인공물이 돋보이는 세상이다.

옛날엔
기찻길 옆 마을이 초라하게 보여서
안타까웠는데,
오늘은
자연과 인공물의
부조화가 아쉽게 다가온다.

결핍

영양이
단기간 부족하면
허기지게 되고
상당 기간 부족하면
영양실조에 이르게 된다.
장기간 부족하면
큰 병을 얻게 된다.

산소가
조금 부족하면
머리가 아프고
상당히 부족하면
의식불명에 이르게 된다.
심하게 부족하면 깨어나지 못할 수도 있다.

아기가 엄마의 사랑을
단기간 받지 못하면
울고 보채게 되고
상당 기간 받지 못하면
성격이 왜곡된다.
장기간 부족하면
문제아가 된다.

일반적으로 사람이 사랑을
단기간 받지 못하면
사랑의 허기짐으로 정신적 몸살을 앓게 되고
상당 기간 받지 못하면
사랑의 결핍으로 성격의 왜곡까지
이르게 된다.
장기간 받지 못하면
사랑의 영양실조로 병을 앓게 된다.

사랑과 행복의 주사

가슴이 아플 때
필요한 사랑의 주사!

마음이 가난할 때
필요한 행복의 주사!

그런 주사를
파는 곳이 있다면
세상이 미소로 가득해서
불행은 물론이고 그 팔촌까지도
발붙이지 못할 텐데...

같은 원인 다른 결과

맛있는 식사 후
오장육부가 나쁜 사람에겐
뾰루지가 나고
건강한 사람의 얼굴엔
빛이 난다. 뽀얗고 맑게.

진리를 듣고 난 후
삐뚤어진 사람에겐
마음의 뾰루지가 나고
바른 사람은
마음의 비타민을 섭취하게 되어
표정이 밝다.

신지식인 아닌 신지혜인

다양한 지식이나 경험이 있는
다양한 사람이
다양한 방법으로
다양한 의견을 표출하면
그중에서 진주를 캐내거나
그 의견들을 잘 융합해서
새로운 진주를 창조하는 사람이
신지식인이다.
아니다. 신지혜인이다.

쉽게 짜증나는 이유

타인의 작은 거슬린 행동에
쉽게 짜증나십니까?

타인을 책망하기 전에
자신을 한 번 성찰해 보세요.

배고픔이나 욕구 불만?
육체적 피로나 정신적 스트레스?
이들도 아니면, 마음이 아픈 상태?

별 보기

요즘
하늘에서 별 보기가 참 힘들어졌다.

사랑 고백하면서
별 따다가 주겠다는 이가 많다고 하더니만
진짜로 다 따갔냐?

값싼 대화와 고품격 대화

옷과 먹거리 이야기만 두 시간,
웃으면서 입맛 다시면서
두 시간이 흘렀다.
시간이 사라진 건가?

각종 이론을 동원해서
정치와 경제를 심각하게 논했다.
역시 두 시간이 흘렀다.
시간이 소중한 것으로 가득 채워졌는가?

옷과 먹거리 그리고 정치와 경제는
서로 아주 다른 것인가?
어느 것이 더 가치 있는 시간인가?

껄껄껄

참을 껄
잊을 껄
웃을 껄,
이처럼 껄껄껄하면
험난한 길도 곧 평탄할 길로 바뀔 껄.

자유의 갈망 원인

자유를 몹시 갈망하는 당신,
그동안 어느 누가 혹은 제도가
당신의 마음에 수갑을 채워놓았군요.

수갑 열쇠는 어딘가에 반드시 있는 법,
그러니 지금 바로 열쇠부터 찾아봄이 어떨지요?

괜찮은 추석

얼굴에는 미소가,
마음에는 여유가,
양손에는 선물이,
통장에는 많은 동그라미가,
가정에는 화목이!
괜찮은 추석 아니겠는가.

가실과 기회

초청하지 않은 가실은
벌써 문턱을 넘었는데,

기다리는 기회는
어디쯤 오길 래
그리 더디단 말인가.

목소리

목소리는
단순한 소리가 아니다.
마음속을 그대로 표현하는 거울이다
표정과 같은 것이다.

미소를 머금고 말하는
목소리에는 미소가 담겨 있고
화난 상태에서 말하는
목소리에는 화가 담겨 있듯이 말이다.

목소리에서 인격을 읽을 수 있고
목소리에서 청자에 대한 태도를 읽을 수 있으며
목소리에서 건강상태와 기분을 읽을 수 있다.

승진

존경하는 선배가 승진할 땐
자신의 일처럼 기쁘다.

그냥 아는 선배가 승진할 땐
그저 부럽다.

동기가 먼저 승진할 땐
살짝 배가 아프다.

후배가 먼저 승진할 땐
화가 나기도 한다.

승진에서 자신이 완전 배제된 것이 기정사실일 때는
좌절하고 움츠러든다.

하늘이시여

달과 별을 품듯
온 세상을 다 품고 있는
하늘이시여!

세상 천지에 비하면
개개인은
아주 작은 깃털에 불과합니다.
작은 깃털도 하나하나씩
살펴보시고
달처럼 별처럼
품어 주시지 않겠습니까.

키 작은 남성

키 큰 남성이
갑옷 입고 무장한 기사라면
키 작은 남성은
낫 들고 전투에 나선 농민군.

농민군이 기사를 극복하려면
엄청난 노력을 해야 하듯
키 작은 남성도 마찬가지.

키 작은 남성은
신장을 더 이상 키울 수 없기에
키 높이 효과를 나타낼 수 있는 일이라면
무슨 방법이든 모두 동원한다.

가장 먼저 하는 일이
키 높이 신을 신는 것.

운동을 통해 근육이나
격투기 실력을 키우는 것도 한 방법.

책과 밤낮 씨름해서
사다리 타고 출세하는 것도 한 방법.

수단 방법 가리지 않고 재산 증식하는 것도 한 방법.

이도 저도 어려우면
키 큰 사람 사이에 합류해서
평균 키를 높이는 것.

삶의 이력서

건강상태를 체크해보자
정신적 건강과 육체적 건강 모두를 체크해보자.

혹 건강하지 않다면
지금까지 삶을 뒤돌아보라.

건강한 삶이 아니었음을
스스로 느낄 것.
일은 억지로 하거나 과로하였고
가족 관계나 인간관계는 좋지 않고
매사에 긍정적이 아니라 부정적이고
웃음보다는 화나 슬픔이 많았고
걱정이나 정신적 스트레스에 허덕이고
물욕에 허덕이고
과식하는 습관 등 나쁜 식습관을 가지고 있고
운동과는 담 쌓고 있을 것.

현재의 몸 상태는
과거 삶의 이력서인데
이력서 한 칸 한 칸을
나쁜 습관으로 채워왔기 때문에
건강에 이상이 생긴 것.

지금부터라도
나쁜 습관을 버리고 좋은 습관으로
삶의 이력서를 써 나가면
건강은 다시 회복되는 것.

하늘을 우러르면

하늘에서 잠시 세상에 다니러 왔지만
하늘은 까맣게 잊고
세상사에만 매달리기 십상이다.

그러지 말고
하늘을 가끔 우러러보라.
그럼 세상사 삶의 발자취가 달라질 것이다.

하늘과 함께 한다고 느끼게 되면
하루하루가 희망으로 가득하기 때문이다.

하늘을 우러르지 않는 삶,
하루하루를 그저 살기 쉽다.

저축인 삶

삶은 저축이다.
머리엔 지식과 지혜를
손발엔 경험을
몸에는 나이 흔적을 저축한다.

마음엔 은혜를 저축하고
의지와 상관없이 원망이 쌓이기도 한다.

저축이 또 쌓여서
문화와 예술이 되고
역사도 되는 것이다.

왕자님과 공주님

백마 탄 왕자님,
아름다운 궁전에서
우아한 자태를 뽐내는 공주님!
누구나 꿈꾸는 모습이다.

그들이 고차원의 생각만 하면서
고품격 우아한 생활을 한다고 느끼기 때문은 아닐까

하지만 그들 스스로는 안다.
'그저 평범하다는 걸'.
'금수저를 물고 태어난 특권뿐이라는 걸'

안 가본 길

안 가본 길,
호기심을 자극하지만
막상 가보려면
첫발 내딛기부터 두렵다.

책이나 인터넷 속에서
그 길을 미리 만나 익히면
두려움은 조금 수그러들고
걷고 싶은 마음은 그만큼 커진다.

안 가본 길,
살짝 두렵지만 가보고 싶은 길이다.

인연

인연은 어떻게 맺어지는가?
때론 당사자가 만들고
때론 당사자의 개성과 주변 환경에 의해
자연스럽게 형성되고
때론 우연히 형성된다.

인연의 깊이는 어떻게 형성되는가?
당사자 노력에 의해서인가!

문학과 예술

자연 현상이나
인간 감정 같은 걸
글로만 정확히 표현하는 건
분명 한계가 있다.

그래서
표정이나 행동으로 말하고
그림이나 음악으로도 말하는 것이다.

문학과 예술이
더불어 필요한 이유다.

바닷가 나무

바닷가 작은 돌섬 위의
작은 나무 한 그루!

나무는
늘 바다를 바라보고
또 바라보면서도 바달 동경하지.

맑은 날
잔잔한 파도가 일 때
반짝반짝 햇빛을 반사하는 모습도
좋아하고

파도가 섬에 부딪혀서
한얀 물보라를 만들어내는 모습도
좋아하지.

그냥 평범하게 출렁이는
바다를 좋아함은 당연하고.

가끔은
바다 새가
나뭇가지에 앉아
노랠 불러주지만
나무는 오직 바다에만
관심이 있지.

검은 구름이
폭풍우 몰고 올 때
파도가 포효하듯
작은 돌섬을 삼키려 하면
나무도 사실 무서운 게 사실이지.

나무가
바달 너무 사랑하고
바다를 자신의 전부로 생각하다 보니
바다의 날씨를 살피는 것도 사실이고.

바다는
나무가 자신만 바라보는 것을
조금 부담스러워하는데,
나무도 그 사실을 알지.

나무는
바다에게 부담을 주지 않고
평생 그저 바라만 볼 수 있길
바랄 뿐이지.

그런데
그 방법이 쉽지는 않나봐.

그래서
나무는 그 방법이 뭔지 찾느라
고민이 많나봐.

저축

돈은
저금통이나 통장에
일부러 저축해야 쌓인다.

그런데
슬픔이나 기쁨은
일부러 저축하지 않아도
자신도 모르는 사이에
가슴에 차곡차곡 쌓인다.

쌓인 슬픔은
불행으로 인출되고
쌓인 기쁨은
행복으로 인출된다.

연어의 일생

갓 태어난 새끼 연어는
어미의 생업 터전이었던
북태평양으로
바로 떠나지 않는다.

남대천을 익히고 익혀
고향으로 인식되었을 때
비로소 북태평양을 향해 떠난다.

자원이 풍부한 북태평양은
연어에게는 서울이나
마찬가지인 것이다.

북태평양에서
생업도 하고
큰 물고기의 위협도 받는다.
연인도 만난다.

연인과 함께
태평양을 건너고
남대천을 어렵게 거슬러 올라온다.

고향의 안식처에 도착해
사랑을 나누고
새끼를 위한 둥지를 만들고
알을 낳는다.

그리고 그 어미가 그랬던 것처럼
알을 보호하기 위해
기꺼이 적들의 먹이가 되려고
본인은 희생의 눈을 감는다.

관심에서 탐구까지

모르는 건
관심을 가질 수 없는 것.

인지되거나 보이되
어렴풋 알거나 보이면
관심이 가는 것.

관심이 탐구로 발전하면
비로소 알 수 있는 조건을 갖추는 것.

검푸른 나뭇잎

여름 나뭇잎이
푸르름을 넘어
검푸르게 빛나네.

강렬한 햇빛 머금고
비바람 견디더니
튼실하고 아름답구나.

가을에 단풍으로 물든 후
낙엽으로 사그라지고자 함인가,
열매 맺고자 함인가.

빗소리의 진실

가을비가 많이 와요
차창에 비 부딪는 소리가
요란해요.

빗소리를
유심히 그리고 자세히
들어봤어요.

빗소리의 진실을
오늘에야 비로소
알게 되었어요.

수십 년간
빗소리가 후드득이나 두드득으로만 나는 줄 알았는데,

마음속으로
되뇌는 말이 있으면
그렇게도 들린단 걸
알게 되었어요.

오늘은
빗소리가
'믿음 소망 사랑' 으로 들리네요.

왕관

가을비로
포도에 물막이 형성되고

물막에 장대비가 떨어지자
물막이 튀어 오르면서
수없이 왕관 모양을 만든다.

아름답고 화려한 왕관이
그려진다.
상상으로 왕관을 만든다. 써본다.
씨익 웃는다.

마음의 길

모든 길은
로마로 통한다는데,
마음의 길은
어디로 통해야 할까?

행복이나 정의로 통해야 할 걸.
그런데 부나 권력으로 통하기 십상일 걸 아마.

삶의 목적보단 수단에
마음을 팔고 살기 때문에.

고추잠자리

고추잠자리는
겨울이 곧 다가올 텐데,
이 가을에 왜 왔을까?

그냥?
먹이 사냥을 위해서?

코스모스를 보거나
단풍놀이를 하기 위해서?
황금 들녘을 그냥 맴맴 돌기 위해서?

가족이나 친구를 만나기 위해서?
사랑을 위해서?
창조자가 설계한 목적을 위해서?

가족과의 잠시 이별

가족은 부양 대상이면서도
의지 대상.

가족과 잠시 헤어질 경우
홀가분함과 허전함이 동시에 밀려오기 마련.

홀가분함과 허전함이
교차하다보면
괜히 미안함과 외로움이
교차하고
마음은 복잡 미묘해지기 십상.

수다 떨 친구가 필요하나
친구가 멀리 있으면
술 생각이 간절해지기 마련.

술 생각난다고 과음하면
더 그리워지기 십상.

그러니 적당히 마시고
꿈에서 그리움을 찾는 것이
바른 길.

귀의 미소

이어폰이 부르는 노래가
귀를 미소 짓게 한다.

미소가 감동의 울림으로 가슴까지 전해진다.

밤기차를 간간이 스쳐가는 밤풍경도 명화로 다가온다.

낭만으로 승화되길
기대해본다.

시간의 평등과 불평등

시간의 양은
누구에게나 평등하게 주어지나,
시간의 질은
누구에게나 평등하지 않다.

같은 시간 동안에도
웃고 있는 사람이 있는 반면에
울고 있는 사람이 있듯이 말이다.

소유

멀리 있는 멋진 풍경도
발품만 팔면 소유할 수 있는데,
가까이 있는 사람 마음은
혼이 깃든 정성의 마음으로만 얻을 수 있는 것.

생존의 필수 요소인 공기는
아무 노력 없이도 소유할 수 있는데,
삶의 편리 요소에 불과한 재물은
소유 공식이 몹시 복잡 난해한 것.

겨울 준비

식물은
아무 정보 없이 본능으로만
계절을 읽고서도
겨울을 완벽하게 준비하는데,

사람은
많은 정보와 경험에 의해서
계절을 읽고
혼신을 다해서 겨울을 준비해도
항상 부족하다.

만국 공통어

문맹률이
영 퍼센트인 언어가 있지.
문해율도
백 퍼센트인 기적의 언어지.

사람은 누구나
쉽게 말하고 읽을 수 있지.
만국 공통어라고 할 수 있지.

그렇다고
생각대로 표현하기
쉽진 않지.
마음대로 표현되기
때문이지.

가끔은
숨기고 싶은 것을
자신도 모르게
표현하기도 하지.

가장 좋은 표현은
미소지.

어떤 언어인지
대충 감이 오지.

답은
표정언어라는 거야.

삶의 단계

건강하고
가족 간 사랑이 있으며
의식주 걱정이 없는 삶,
평범한 삶이다.

더하여
소일거리가 있고
소통할 친구가 있는 삶,
괜찮은 삶이다.

더하여 예술과 스포츠를
즐길 여유가 있는 삶,
아름다운 삶이다.

평범한 삶이
뿌리 내려야만
괜찮은 삶과 아름다운 삶도
잎과 꽃을 피우는데...

평범한 삶마저도
아직은 산 너머 무지개인
사람이 다수다.

삶의 선택

어떻게 사느냐는
자신의 선택이라는 것이 중론.

자신의 선택에 따라
행복하게 살 수도 있고
불행하게 살 수도 있다고 한다.

상당 부분 옳으나
꼭 그렇지는 않다.

부정적인 생각으로
삶을 추구하는 것보다는
긍정적인 생각으로
행복을 추구하면
행복한 삶을 살 수 있다.

하지만 사람의 삶이란
주어진 환경에 영향을 받지 않을 수 없다.
가족공동체,
거대하고 변화무쌍한 자연,
역동적인 사회의
영향으로부터
자유롭지 않다.
또 우연이란 변수에도
영향을 받지 않을 수 없다.

환경과 우연을
극복하고
행복을 자신의 것으로
만들기 위해선
더 많은 긍정
더 많은 노력이 필요한 것이다.

투 잡 여성

아침에 출근하고
밤에도 출근하는 여성이 있다.
투 잡을 가지고 있는 것이다.

돈은 시간을 투자한 만큼
벌지 못하는 듯하다.

밤에 출근하면
여러 사람에게 시달리는 여성도 있다.

시달리면서도
상당 여성은
즐거운 비명을 지른다.

아침에는
직장으로 출근하고
밤에는
아이들이 있는 집으로
출근하는 워킹 맘의 모습이다.

터널

혹한의 긴 겨울 터널을
지나고 있다.

어쩌다 만나는
혹한 속의 눈보라가
반갑다. 설레게도 한다.

혹한이 불편하기도 하지만
즐겁기도 하다.

터널을 모두 지나면
꽃피는 봄이 기다리고 있는 것이
당연하기 때문이다.

가을에도
겨울을 봄으로 가는 터널로 생각하기에
즐겁게 겨울맞이를 한다.

봄이 오지 않는
혹한의 겨울만 있다면
봄에 대한 희망이 없다면
눈보라가 아름답기만 할까?

그런데
인생길에 만나는
겨울의 터널 끝은 알 수가 없다.

터널 끝에
꽃피는 봄이 기다리고 있는지,
낭떠러지가 기다리고 있는지!

그래서
터널 안이 깜깜할 땐
더 불안하다.

불안을 줄이려면
희망의 꽃을 심고
매일 물을 줘야지 않을까.

유통기한

식품의
유통기한에
주로 관심 갖고 살아 왔는데!

사람의
유통기한도 있단다.

천국 열차를
승차할 때가 아니라
가정에서 그리고 사회에서
효용가치가 없게 되는 때가
사람의 유통기한 아닐까?

세 번의 기회

인생에서 세 번의 기회는 꼭 찾아온단다.

기회가 누구에게나 공평하게 찾아온다니,
얼마나 민주적인가.

그러나 실제 인생에서는
기회가 그리 공평하지 않음이 현실.

기회가
누구 인생에서는 없을 수 있고
다른 누구의 인생에서는 세 번 있을 수 있으며
또 다른 누구 인생에서는 아주 많을 수 있다는 것.

기회를 맞을 준비가 안 된 사람은
기회가 찾아와도
기회가 찾아 온지 모르거나
기회를 반갑지 않은 손님쯤으로 여기기 때문에
기회를 못 잡는 것.

기회가 찾아오도록
길을 잘 닦아 놓은 사람에게는
기회가 반가운 귀빈처럼 계속해서 방문하는 것.

진정으로 훌륭한 사람은
기회를 기다리는 것이 아니라
기회를 만들어서 최대한 활용하는 사람.

겸손과 비굴의 차이

을이 자신도 모르게 갑의 위세에 눌려
갑 앞에서 머리를 조아리는 것은
겸손이 아니라 비굴이라.

을이 건방지지 않고 당당하게 자신을 낮추는 것이
겸손이라.

갑이 을에게 자신을 낮추는 것도
또한 겸손이라.

을에게는 겸손하되,
갑에게는 비굴하지 않는 것이
군자의 자세라.

어른도 때론

어른도 때론
투정 부릴 대상이 필요하고
비빌 언덕이 필요하다.

어른도 때론
장난감이 필요하고
인형을 안고서 자고 싶다.

어른도 때론
모든 구속으로부터 벗어나고 싶고
마음껏 놀아보고 싶다.

마음의 측정

마음의 깊이 · 높이 · 너비를
잴 수 있으면
참 좋을 텐데.

자로 측정하듯이
정확히는 아니더라도
가늠만이라도 할 수 있으면
좋을 텐데.

그럼 누구나 속마음을 들킬까봐
자연스럽게 마음을 수양할 텐데.

그럼 모든 사람이 천사가 되고
세상은 평화로 가득할 텐데.

먼저 화내면 필패

서로 의견 충돌이 있을 땐
먼저 화내는 사람이 필패하는 법.

상대방을 이기려면
아무리 화가 나도 마음을 진정하고
차분하게 상대방을 설득해야 하는 법.

상대방이 먼저 화를 내더라도
같이 화낼 일은 절대 아닌 법.

상대방이 먼저 화내면
상대방이 진정되길 기다린 후
다시 차분한 태도로 대화에 임해야 하는 법.

그래도 결론에 못 이르면
상당 시간이 경과한 후
다시 대화에 임해야 하는 법.

시간은
각자 더 설득할 사항과 양보할 사항을
고민하게 만드는 필수 요소.

서로 긴 고민은
양보와 의견 접근을 부르는 좋은 해결사.

빈 손

누구나 빈손으로 왔다가 빈손으로 가니
욕심 부리지 말고 살라 하는데, 과연 맞을까?

빈자의 아기 손은
빈손이 틀림없는 사실.

거부의 아기 손은 빈손 같지만
'황금알 낳는 거위'가 들려 있다는 것이 풍문.

빈손으로 온 대부분의 사람,
의식주 해결에 삶의 대부분을 투자하고
욕심 부릴 만큼 부려도
의식주 해결도 쉽지 않은 것이 현실.
하지만 중용의 질제된 욕심으로 무장하면
성공은 필연.

거위를 안고 온 대부분의 사람!
재산의 수호와 증식에 삶의 상당 부분을 할애하니
자신의 행복과 담 쌓는 것은 물론이고
약자에게 피해를 주는 것도 다반사.
하지만 중용의 절제된 욕심으로 무장하면
자신의 행복과 세상의 이로움으로 귀결.

누구나 욕심을 중용으로 절제하고 노력하면
부와 명예를 얻을 수 있고
큰 업적과 이름을 남길 수 있는 것이 세상의 이치.
빈손으로 가고 싶어도 빈손으로 갈 수 없는 것.

과욕을 부리면
인생 필패가 당연하고
설사 재산을 남길 수 있다 하더라도
자신의 불행과 타인의 피해를 초래하고
빈손으로 가는 것.

꼭 필요한 욕심마저도 전혀 없으면
허덕허덕 살다가 빈손으로 가는 것.

로또 사업자의 입장

로또는 자선이다.
매년 수 백 명을 가난으로부터 구제해주기 때문이다.

로또는 기회다.
누구든지 1등 당첨의 기회를 가질 수 있기 때문이다.

로또는 대박이다.
한 번의 기회로 부자가 될 수 있기 때문이다.

로또는 공익이다
로또 판매 수익으로 각종 공익사업을 하기 때문이다.

돈

누구나!

새 돈 냄새
실컷 맡아보고 싶고

돈 방석에
앉아보고 싶고

돈 벼락
맞아보고 싶어 한다.

그래서 돈을
열심히 쫓아다닌다.

돈이 목적이 아닌 척하면서
돈을 쫓기도 하고,

다른 목적을 위해서
행동하는 척하면서
돈을 쫓기도 한다.

쫓아가면
돈이 멀리 도망간단다.

돈이
자신만 피해 다닌다고
푸념한다.

과연 그럴까?

외로움 유형

혼자 있을 때
느끼는 외로움은
사람에 대한 그리움이고

군중 속에서
혼자 느끼는 외로움은
처량한 고독이며

어설프게 아는 사람 사이에서
투명인간 취급 받는 건
외로움이 아니라 절절한 가슴앓이다.

대박 줄

세상에
줄은 참 다양하고 많아.

줄에 관심 없는 사람도 있지만,
상당수 사람은 줄에 관심이 있지.

관심 유형도 참 다양하지.
줄잡을 용기가 없는 사람
줄을 적극적으로 잡으려는 사람
정상적 절차로 줄을 잡으려는 사람
수단과 방법을 가리지 않고 줄을 잡으려는 사람
한 번 잡은 줄만 줄곧 잡고 있는 사람
필요에 따라 줄을 바꿔 잡는 사람
등등

이왕 줄을 잡으려면
바르고 튼튼하면서 생명이 긴 줄,
대박 줄을 잡아야 하지.

대박 줄을 잡으면
원하는 걸 쉽게 얻을 수도 있으니까.

그런데 대박 줄을 알아보기 쉽지 않다는 거야.
안다고 해도
대박 줄이 자신에게 접근 자체를 허락하지 않는 경우가
허다하고.

그러니까
대박 줄을 잡기 위해선
안목과 일정한 능력 그리고 노력이 필요하지.

명심해야 할 것은
줄 잡았다고 성공이 보장되는 것이 아니고
줄잡지 않고도 성공이 가능하다는 거야.

실력과 인품을 갖춰 놓으면
자신도 모르는 사이에
줄이나 우산이 형성되어 성공할 수 있지.

주의해 할 것은
어떤 줄은 잡는 것 자체가
적폐가 될 수 있다는 거지.

그러니
줄을 잡을지 말지,
줄을 잡으려면
잡을 줄과 줄 잡는 비결이
무엇인지가 숙제지 숙제.
줄의 상태와 줄잡는 과정이
정의에 부합하는지 검토도
당연 필요하고.

바른 생각

사람이
짐승과 구별되는
가장 기본적이고 중요한 요소는
생각.

인격도 문화도 문명도
생각의 산물.

애석하게도
온갖 부도덕과 범죄도
생각의 산물.
짧은 생각, 나쁜 생각의 산물.

바른 생각의 정립과 실천이
인류가 지향해야 할
가장 기본적이고 중요한 목표.

감정 조절

사람들은
강아지를 길들여 같이 생활한다.
소ㆍ말ㆍ당나귀를 길들여 생산 활동에 이용한다.
야생의 돌고래나 원숭이를 길들여 재주 부리게 할 수 있다.

사람들은
자동차, 배, 비행기를 운전ㆍ조정할 수 있다.
물길 등 자연현상도 제어ㆍ통제할 수 있다.

사람들은
돈과 권력을 이용하여 다른 사람마저도 움직이게 할 수 있다.

그런데 어떤 사람들은
자신의 것인 감정도 잘 조절하지 못 하는 경우가 있다.

사람들은
언제쯤 어떻게 해야
자신의 감정을 마음대로 다스릴 수 있을까?

모방과 창조

모방을 과소평가하면서
창조만을 강조하고
때론 창조는 선으로, 모방은 악으로
규정되기도 하는데,
과연 맞는 말일까?

일반적으로 창조는 선이므로
아무리 강조해도 지나치지 않다.

모방이 악인 경우도 있지만
선이 되는 경우가 일반적이므로
모방이 삶에서 결코
경시돼서도 안 될 게다.

모방이 악이 되는 경우는
지식재산권을 침해하는 경우이고
모방이 선이 되는 경우는
지식재산권을 침해하지 않는 범위에서
일상적으로 행해지는 삶의 대부분이다.

선의의 모방 중
가장 대표적인 모방이
아마 언어의 모방일 게다.

언어는
인간 상호간의
모방을 통해서 형성된
무언의 약속이다. 아마.

아기가 부모로부터
말을 배우는 것도
전부 모방에 해당할 게다. 아마.

고로
모방 없는 말과 소통이란
거의 불가능에 가깝다고 할 수 있다.

그런 점에서
언어 사용의 모방을
악으로 규정하고 금지한다면
세상이 어떻게 될지
대략 상상이 간다.

교육의 대부분도
아마 모방에 가까울 게다.

역사가 만들어낸 지식을
모방하게 하는 것이
기본적인 교육이고
창조를 위한 교육은
중요성이 아무리 강조돼도
지나치지 않지만
교육의 일부에 불과한 게 사실이다.

삶의 대부분을 차지하는
의식주 생활도
상당부분 모방일 게다.

그 밖의 삶에서도
모방이 중요한 부분을 차지함은
부인하기 어렵다.

그렇다고
모방적인 삶만
살아서는 아니 될 게다.
그럼 발전이 없으니까.

노방을 통해서
또는 모방을 넘어서
창조하는 것이 꼭 필요하다.

모방은
창조의 어머니란 말이 있듯이
모방들의 융합을 통해서 창조하고
벤치마킹을 통해서
한 차원 높은 창조를 해야 한다.

새로운 발상과 연구를 통한 창조가 필요함은
당연하고.

결론적으로
최소한의 삶과 창조를 위해서
모방이 필요하고
발전된 삶과 행복을 위해서
창조가 필요한 것이다.

통신 관계

메세지를 열어보지 않는 것은
거절의 표현이다.

메세지에 응답하지 않는 것은
답변의 곤란성 표현이기도 하나
일반적으로 거절의 표현이다.

대화할 때마다
카톡 대화창에서 나가는 것은
무관심의 표현이다.

질문 메세지에만
건조하게 답하는 것은
사무직 관계의 표현이거나
대화하기 귀찮음의 표현이다

어느 날 갑자기 뜬금없이 온 연락에는
사무적인 일이나
부탁이 내포되어 있다

가끔 오는 메세지에는
친분의 끈을 유지하고 싶은 생각이
내포되어 있다.

정기적인 연락에는
친구로 유지하고 싶은 생각이
내포되어 있다.

지루하게 느껴지지 않고 따뜻한 전화 목소리에는
진정한 친구라는 의미가
내포되어 있다.

비 오면 생각나는 사람

비가 온다.
우두커니
비를 바라보고 있으니
불현듯
어느 노래 가사가
떠오른다.
'비가 오면 생각나는 사람...'

그 사람은
사랑하는 사람에 대한
다른 표현일 게다.

'사랑하는 사람은
왜 비가 오면 생각날까?'
물음표를 머릿속에 그려본다.

비오는 날
사랑하는 사람과 많은 추억을
만들어서 그럴 게다.

그럼
비 오는 날에도
눈 오는 날에도
추운 날에도
더운 날에도
맑은 날에도
흐린 날에도
추억을 만든 사람들은
그 사람이 언제 생각날까?

인간관계의 바른 정립

우리의 지위나 역할을
살펴보자.

누군가의 자녀
누군가의 배우자
누군가의 부모
누군가의 친구나 동료
누군가의 상사이자 선배
누군가의 부하이자 후배
누군가의 생산자나 소비자
누군가의 경쟁자
누군가의 협력자 등
나열하기 어려울 정도로 다양.

지위나 역할이
많다 보니
인간관계가
복잡할 수밖에.

복잡한 대인관계의
바른 정립의 기본은
상호간 존중과 배려.

그 출발점은
자신의 바른 정립.

자신의 정립은
육체적 건강과 경제적 능력이
기본이고
정신적 건강과 지혜로
완성하는 것.

사진 속 아이돌

그림의 떡이
아무리 침샘을 자극해도
아쉬움만 삼킬 수밖에 없는 것.
그래도 손품 · 발품 팔면
손안의 떡이 될 수 있는 것.

모두들,
아이돌 사진이 손안에 들어오면
아이돌과 함께하는 느낌일 것 같아
설렘을 안고서
사진을 구하지만,

막상 사진을 보고 있으면
아이돌은
눈 안에만 들어올 뿐
가슴 안으로는 잘 들어오진 않는 법.
보고 싶은 마음만 더욱 커지는 법.

손품 · 발품 팔아도
아이돌 만남의 실현은 쉽지 않은 법.
그 마음을 얻는 건 더욱 어려운 법.
'그림의 떡' 眞意처럼.

※ 그림의 떡 - '아무리 마음에 들어도 차지할 수 없다'는 뜻의 속담

시간에 가치 부여하기

근무 시간에
주어진 역할을
충실히 잘 수행하고

여가 시간에는
가족이나 친구랑
우아하게 식사하면서
공연이나 경기 관람하면
시간을 잘 쓰는 걸까?

또 봉사활동은 어떤가?

알찬 시간 활용일 수는 있으나
가치 있는 시간 활용이라고
단정하기는 곤란하지 않을까.

아무리 좋은 프로그램에 참여해도
마지못해 참여하는 것처럼
참여 동기가 좋지 않으면
참여 의미가 퇴색되기 때문.

시간에 가치를 부여하고 싶거든
하늘에 부끄럽지 않은 일로서
간절히 소망하는 일에
시간을 써야 하지 않을까.

즐거운 마음으로.

다산왕, 거짓말

거짓말은
제 마음의 불편을 낳고
관계인의 불이익을 낳는다.

거짓말은
거짓을 숨기기 위해
다른 거짓말을 낳고
다른 거짓말은
또 다른 거짓말을 낳는다.

거짓말은
사고나 죄를 낳기도 한다.

거짓말은
불행의 작은 씨가 되어
큰 불행을 낳기도 한다.

결혼의 불가사의

세상, 참 묘하다.
인성도 · 능력도 · 개성도
제각각 다양한 사람 중에서
어떻게 자신에게 어울리는
사람을 찾아서
결혼하는지 말이다.

세상, 참 불가사의하다.
사람이
장점도 많이 지니고 있지만
알고 보면 단점 투성이인데
어떻게 단점을 감추는지 말이다.
또 그런 단점을 못보고
매력을 느끼는지 말이다.
때론 단점을 알고도
매력을 느끼는지 말이다.

군중 속의 고독

군중 속에서 고독한 이유?
사람은 많지만
마음을 나눌 사람이 없기 때문은 아닐까.

군중 속에서 더 고독한 이유?
군중의 다른 사람들이
행복하거나 분주해 보이기 때문은 아닐까.

군중처럼 많은 지인 속에서도
고독한 이유?
지인 그 누구와도
마음을 나눌 수 없기 때문은 아닐까.

그래도 마음이 아프거든

마음이 아프다고
여기저기 하소연 말지어다.

가까운 사람마저도
제 모르는 사이에
피하기 마련이니까.

고로 마음이 아프거든
아무도 없는 곳에서
크게 웃어보자.

그래도 마음이 아프거든
맛있는 음식을 먹어보자.

그래도 마음이 아프거든
스포츠나 예술 같은 것을 통해
스스로 발산해보자.

그래도 마음이 아프거든
가벼운 화제를 가지고
주변 사람과 수다 삼매경에 빠져보자.

그래도 마음이 아프거든
애완동물을 사랑해보자.

그래도 마음이 아프거든
부모와 상의해보자.

그래도 마음이 아프거든
전문가와 상의해보자.

그래노 마음이 아프거든
종교에 심취해보자.

그래도 마음이 아프거든
진심으로 자신을 아끼는 사람으로부터
위안의 치료를 받아봄이 어떨는지.

평가

사람을 자로 재듯 평가해서
등급화한다면
세상은 어떻게 될까?

세상 참 어려워질 것이다.
차별이 일상화될 테니까.

가장 기본적인 생활, 결혼도
지금보다
훨씬 계산적이고 문제될 것이다.

특히 최하위 평가를 받은 사람은
아마 평생 짝을 못 찾고
혼자 외로움과 싸우다가
절망할 것이다.
그리움을 고통으로 기억할 것이다.

다행인지 불행인지
사람들에 대한 평가가
애매모호하니
나름 모두 짝을 찾게 되는 건
아닐까.

모두 결혼할 수 있어서
개인의 기본권과 사회 안정화에
기여하는 긍정적 효과가 있지만,
모호한 평가를 기초로
서로 맞지 않는 상대와
결혼이 성립되다 보니
부작용도 따른다.
결혼 후 갈등 말이다.

따라서
차별 없이 어느 정도
사람을 평가해서
적절한 짝을 찾을 수 있게 해주고
결혼 못하는 사람이
발생하지 않도록 제도적 장치를
만들 필요가 있어 보인다.

삶에서
결혼이 가장 중대한 일이니까.

작은 의미가 깃든 삶

새봄 맞아 앙증맞게 올라오는 새싹에 작은 감동을 하는 삶
새소리, 물소리, 바람소리에 시상을 떠올리는 삶
예쁜 꽃이나 나무를 보고 사진 찍고 싶어 하는 삶
아름다운 바다나 산을 보고 즐거워하는 삶
신록이 우거진 숲을 보고 싱그러움을 느끼는 삶
예쁘기만 한 어린이들을 보고 미소 짓는 삶
단풍이나 탐스러운 과일을 보고 낭만을 꿈꾸는 삶
눈 덮인 산이나 들을 보고 아름다움에 도취되어 잠시 추위를 잊는 삶
석양의 아름다움에 잠시 도취되어 있는 삶
하늘이나 먼 산을 바라보면서 잠시 인생을 회상하는 삶

어떤 느낌이나 생각에 도취되어 시를 쓰는 삶
시작(詩作)에 몰두하다가 잠 잘 시간을 놓친 삶
시 써놓고 잠시 만족하는 삶
시를 통해 사람들과 대화하는 삶
재미있게 책 읽는 삶
영화나 공연 같은 예술을 즐기는 삶

헉헉 영차하면서 자전거를 타는 삶

헉헉대다가 가끔 휘파람 불면서 등산하는 삶

해변에서 산과 바다를 번갈아 바라보는 삶

모처럼의 여행을 통해서 일상의 억눌림으로부터 해방감을 만끽하는 삶

장밋빛 미래를 그리는 삶

성공을 꿈꾸는 삶

일에 도취되어 잠시 세상 걱정을 잊는 삶

힘든 일을 끝내고 잠시 성취감을 느끼는 삶

일하다 소소한 걱정하면서 사는 삶

힘든 일 끝낸 후 꿀맛 같은 휴식을 즐기는 삶

일상적인 삶에 작은 감사를 하면서 사는 삶

고난이 있을 때만이라도 잠시 신에게 기대는 삶

평범한 장소를 산책하는 삶

사람 사는 모습을 구경하는 삶

시장 구경하고 장보기를 즐기는 삶

평소에 가지고 싶었던 것을 사고서 작은 행복감을 느끼는 삶

텔레비전 보고 작은 즐거움을 느끼는 삶

텔레비전 보다가 지루해서 잠시 동네 한 바퀴 도는 삶

어제나 오늘처럼 평범하게 사는 삶

소소한 것에 만족하는 삶

작은 선물을 주고받고서 기뻐하는 삶

작은 도움을 주고받고서 서로 살짝 미소 짓는 삶

전화나 메세지로 가벼운 이야기 나누면서 작은 기쁨을 느끼는 삶

아무 의미 없는 잡담을 하면서 스트레스를 해소하는 삶

일상적인 대화를 재미로 알고서 사는 삶

드라이브하면서 작은 걱정들을 날려 보내는 삶

바른 정치인 응원하고 나쁜 정치꾼 뒷담화하는 삶

가벼운 식사하면서도 작은 행복감을 느끼는 삶

자판기 커피를 마시면서도 작은 행복감을 느끼는 삶

가벼운 칭찬에 미소 짓는 삶

가족과 행복을 꿈꾸는 삶

가족과 지지고 볶고 사는 삶

가족을 위해 즐겁게 요리하는 삶

가족을 오랜만에 만나 미소 짓는 삶

사랑의 추억이 있는 삶

가족의 행복한 모습에 행복해 하는 삶

아들·딸의 즐거운 모습에 즐거워하는 삶

아들·딸의 작은 성취에 만족감을 느끼는 삶

작은 효도를 하거나 받는 것을 즐거워하는 삶

분위기 있는 식당에서 좋은 사람과 맛있는 식사하면서 즐거운 대화를
하는 삶

바다가 내려다보이는 카페에서 이야기와 함께 차 마시는 삶

친구랑 소주 마시는데 소주가 친구처럼 좋게 느껴지는 삶

어깨를 짓누르는 무거운 짐을 내려놓기 위해 술을 마시거나 노래방에
서 노래하면서 잠시 해방감을 느끼는 삶

귀인을 기다리는 삶
추억을 회상하는 삶
추억을 꿈꾸는 삶

작은 의미가 깃든 삶들이 모이면
詩가 되는 삶이 되지 않을까.

아니 땐 굴뚝에 연기 날까

속담, '아니 땐 굴뚝에 연기 날까'는
굴뚝에서 연기 나는 이유는
아궁이에서 불을 때기 때문이라는 의미.

어떤 결과는
특별한 원인에서 비롯된다는 의미.

지당 맞는 말.

그런데 세상일은
착오라는 것이 있기 때문에
신중해야 함이 원칙.
결과의 착오와 원인의 착오가
있기 마련.

결과의 착오,
굴뚝이 밀집된 곳에서
어느 굴뚝의 연기를
다른 굴뚝의 연기로 잘 못 보는 경우
지나가던 구름이나 안개를
연기로 잘 못 인식하는 경우다.

원인의 착오,
남은 불씨가
방고래의 잔여물을 태워서
굴뚝에서 연기가 나는 경우
굴뚝 청소 중 먼지가 굴뚝으로 올라와서
연기처럼 보이는 경우
날씨 때문에 굴뚝으로 피어오르는 수증기가
연기로 보이는 경우다.

진정한 행복

큰 성취 땐
하늘에 붕 떠 있는 느낌이 든다.
큰 행복, 순간의 행복이다.

일상에선
잔잔한 기쁨을 느낀다.
작은 행복, 잦은 행복이다.

진정한 행복은?

지금 날갯짓을 힘차게

과거를 밟고
한 걸음 한 걸음씩 걸어온 당신,

과거로부터 자유롭지 못한 것이
당연할 수 있으나
과거에 얽매이지 말고
과거를 도약의 발판으로 삼아
지금 날갯짓을 힘차게 해 봄이 어떨는지요.

미래의 색깔

오늘이 비록
과거의 산물일지라도
과거에 얽매이지 말고
미래만을 그리면서
오늘에 충실하면
미래의 색깔이
달라질 수 있다.

과거를 미래 도약의 발판으로 다진 후
지금의 날개를 활짝 펴고
힘껏 날갯짓해 봄이 어떻는지?

주인과 머슴

옛날 주인과 머슴은
주어진 신분에 따라
역할을 수행했다.

옛날 주인은
지시 · 감독하고
옛날 머슴은
그 지시 · 감독에 따라
수동적으로 역할을 수행했다.

현대에는
주인과 머슴의 신분이
정해져 있지 않다.

현대의 주인은
주인의식을 가지고
자신에게 부여된 일을 하는 사람.

주인의식이란
자신에게 주어진 일을
자신의 일이라 생각하고
능동적으로 일하는 것.

현대의 머슴은
주인의식 없이
자신에게 부여된 일을
수동적으로 마지못해서 하는 사람.

마음에 놓은
행복 온돌

언론속의 세상

여인의 향기

엘리베이트에 들어서니
그윽한 향기가
맞이해준다.

영화 '여인의 향기'가
뜬금없이 떠오른다.

어느 멋진 중령,
출세가 보장되었는데
우연히 사고를 당한다.
시각장애인이 되어 퇴역한다.

퇴역 중령,
생의 마감을 결심하고
버킷리스트 여행을 떠난다.
여행 중 탱고 음악이 흐르는
고급 레스토랑에 가게 되고
미모의 여인과 잠시 동석한다.

퇴역 중령,
여인의 향기만으로도 미모의 여인임을 직감한다.
여인에게 탱고 추기를 제안한다.

미모의 여인,
'탱고를 추다가 실수할까봐 두렵다'는 말로 제안을 거절한다.

퇴역중령,
'실수로 스텝이 엉키면 그것이 바로 탱고입니다'라고 설득한다.

미모의 여인,
그 멋진 말에 감동해서 탱고 추기에 응한다.

퇴역중령,
탱고 시작 전까지는 시각장애인답게 어설프게 행동한다.

주변 사람들,
두 사람이 과연 탱고를 출 수 있을지 의아한 표정으로 바라본다.

퇴역중령,
탱고가 시작되자 어느 프로 못지않게 멋지게 여인을 리드한다.

주변 사람들,
탱고를 추는 내내 숨죽이고 바라본다.
탱고가 끝나자 박수와 환호성으로 열광한다.

퇴역중령,
여인의 향기와 탱고가 살 만한 이유라는 듯 환한 표정이다.

여인의 남자친구,
갑자기 등장해서 화난 듯 미모의 여인을 데리고 나간다.

퇴역중령,
표정이 쓸쓸해진다.
그날 밤 총으로 몰래 자살을 기도한다.

퇴역중령의 동행학생,
퇴역중령의 자살 장면을 발견하고 자살을 만류한다.

퇴역중령,
매우 거친 태도로 동행학생에게 '자신이 살 만한 이유'를 따져 묻는다.

동행학생,
'어느 누구보다 탱고를 잘 추는 것이 살 만한 이유'라고 답한다.
(동행학생의 말투와 표정에는 말로만 표현할 수 없는 심오함이 담겨 있다)

퇴역중령,
동행학생의 말을 듣고 고민 끝에 총을 거둔다.

당신의 살 만한 이유는?

인형 병원

어떤 아가가 아빠랑
해진 둘리 인형을 가지고
인형 수리 가게를 방문했는데요.

인형은 여기저기 해어지고
배엔 큰 구멍이 나있으며 눈도 없더래요.

아가가 마치 병원에 온 것처럼
말을 진지하게 하더래요. 아주 또박또박.
'둘리 코가 아파요. 배도 아파요. 엉덩이도 아파요. 둘리 수술해 주세요.
주사도 놓아주세요. 안 아프게요'

아가가 말하는 상황을 상상해보면,
아가가 참 귀엽고 깜찍하죠.
인형을 사랑하는 아가 맘도 느껴지구요.
인형을 자신의 아가로 생각하면서 사랑하는 마음이요.

곰 인형과 둘이 사는 친구

유일한 가족이
곰 인형 하나뿐인 타양 살이 친구.

엄마가 그리우면
엄마와 대화하듯 인형과 대화하고

아빠나 동생이 보고 싶을 땐
인형에게 혼잣말 한다네.

식사할 땐
인형에게 먹이 주는 시늉하고

잠 잘 땐
인형을 꼭 끌어안고 잔다네.

그래도
친구는 외롭다네.

곰 인형도 없이 독거하는 사람은
오죽할까.

드라마 속의 짝사랑

여자 주인공을
생각만 해도
멀리서 보기만 해도
가슴이 콩닥콩닥한다는
드라마 속의 남자 주인공!

사랑의 그리움이
자라고 자라서
못 견디게 힘들단다.

가슴에선
사랑 고백의 명령이
수 없이 내려지고
입속에서도
사랑이란 말이 계속 맴도는데
도저히 입을 열 수가 없단다.
사랑할 수도
사랑해서도 안 되기 때문이란다.

짝사랑의 긴 여정은
애간장을 태우고
그리움은 커져만 간단다.

짝사랑 그녀를
머리에서 지우려 하지만
지우려 노력하면 할수록
아름다운 모습은
더 또렷해진단다.

그러던 어느 날,
'계속 만남을 갖고 싶다'는
그녀의 말을 전해 들었단다.

기쁨과 설렘이
파도가 되어 밀려왔단다.

기쁨과 설렘도 잠시,
깊은 고민의 바다 속으로
빠지고 말았단다.

사랑을 가슴에 묻어 놓고
그리움과 사랑의 아픔 사이에서
평생 줄다리기할 것인가.

아니면, 사랑의 달콤함을 안고서
비난의 세계로 뛰어들 것인가.

낙이 부르는 고통

술에 중독된 남자의 曰,
삶이 고달파서
술을 가까이 하지 않을 수 없단다.
음주가 유일한 낙이란다.

술중독자의 아내의 曰,
남편의 유일한 낙이
가정폭력을 불러온단다.
가정이 지옥이란다.

술중독자는
자신의 폭력행위가
기억나지 않는다면서
만취를 이유로
폭력을 정당화하려 하는 듯하다.
술을 끊으려는 노력도
하지 않는 듯하다.
폭력은 어떤 이유로도
정당화될 수 없음을 모르는 듯하다.

자신의 낙이
주변의 고통을 부르면
그것은 낙이 아니라 악행임을
삼척동자도 아는데.
이런 진리에 술중독자만 눈을
감는 듯하다.

남편이 술과 폭력을 끊지 않으면
남편과의 관계를 끊고 싶다는
술중독자의 아내 말을
누가 공감하지 않을 수 있겠는가.

'자신의 낙'이라는 이름으로
주변에 피해를 주는 행위,
하지도 말고
용납되어서도 아니 되지 않겠는가.

진정한 장인

누구도
관심 갖지 않는 초라한 일꾼.

때론
무시당하는 그 사람.

하지만
자신의 일에 대해선
자부심이 대단한 그 사람.

장인정신으로
갈고 닦다보니
어느새 선비정신을 겸비한 장인이 되었다네.

마음에 좋은
행복 온돌

제5장

정치적 단상

정의 사회

요즘 세상,
문제 아닌 것이 없단다.

나만 빼고
세상 모든 것이
환골탈태해야
살기 좋은 신세계가 온단다.

계산상으로는
백번 맞는 말이다.
나를 뺀 99.99 퍼센트 사람이
정의롭게 바뀌면
이상 사회가 오는 것은 필연이다.

그런데
모든 사람이
나만 빼고 바뀌길 바란다.
세상이 쉽게 바뀌지 않는 이유다.

정의 사회는
니가 아니라 내가 바뀔 때
가능한 것.

어느 가식

금수저 물고 태어난
왕자처럼 잘 생긴 그 누가,

최고의 학력과 직업에 기초하여
달변으로
썩은 나무들을 콕콕 찍어내면서
평등 공정 정의가 살아 숨쉬는
세상을 만들겠다고
성우 같은 좋은 목소리로
외쳐대 길래

진정으로
희고 흰 학처럼 깨끗하고 고귀한 인물인줄 알았더니

알고 보니
그렇지만은 않네.

같은 편 다른 편

동일 사안을 두고
같은 편은 모두 옳다고 하고
다른 편은 모두 그르다고 한다.

진실을,
국민은 알까,
사법부는 입증할 수 있을까,
역사는 바르게 평가할 수 있을까,
세상을 항상 굽어보고 있는 하늘은 알까?

숨은 하늘 식구들

요즘
낮에는 뿌연 녀석이
해와 구름을 가리고
밤에는 별이 꼭꼭 숨어서
좀처럼 모습을 드러내지 않는다.

미세먼지 탓이겠지만,
손바닥으로
하늘을 가리는 사람들이
너무 많은 것도 한 몫 하는 건 아닌지!

언론에 비춰진 정치

언론에 비춰진 정치는
국민을 항상 안타깝게 만든다.
어느 정부 때든
대통령 제안 정책에 대해
여당은 항상 찬성하고
야당은 무조건 반대하는 것처럼
비춰지기 때문이다.

여야 각각의 당내에
소수의견이 많고
찬반토론이 활발하게 이루어질 텐데
소수의견이 없는 것처럼 비춰지니
안타깝기 그지없다.

여야 각각의 당내에
진실로 소수의견이 없기라도 한다면
민주주의는 요원한 것이고 위기다.
소수의견이 있어야
여야 간 협상이 이루어지고
합의가 이루어져
바른 정책결정이
이루어지기 때문이다.

정책결정에서 민주적 절차는
헌법의 절대적 명령이고
천부적 명령이다.

따라서
민주적 절차 없이
진영논리에 따라 결정된 정책은
천부적인 헌법 명령을 어기는 것이고
결국에는 국민을 피멍들게 만든다.

우문현답

우문현답이란
'우리의 문제는 현장에 답이 있다'는
속설이다.

현장 답사를 통해서
답에 가까운 뭔가를 찾을 수는 있으나
반드시 정답을 찾을 수 있는 것은 아니다

정답은
정보 탐색, 이론 습득, 현장 답사, 깊고 넓은 생각, 토론의
모든 과정을 통해서 얻을 수 있는 것이다.

정치꾼

정치를 하는 사람 중엔
진정한 정치인과 비겁한 정치꾼이 있다.

정치인은
국가와 국민을 위해 정치하는 사람이다.

정치꾼은
선거에서 오직 당선만을 위해 행동하고
당리당략에 따라 오직 활동을 하며
개인의 부귀와 영달을 위해 정치하는 사람이다.

정치꾼은
소속 정당이나 개인의 이익을 위해
국민을 선동하거나 이용한다.
옳지 않은 정책이라도
당이나 개인의 이해와 일치하고 여론의 지지를 받으면
마치 그것이 진리이고
국민의 의사인 것처럼 선동한다.

정치꾼이
국민을 선동·이용할 때
필수적으로 사용하는 말이
"국민을 위하여"와 "국민의 의사"다.

하지만 정치꾼이
"국민을 위하여"라고 표방하지만
실제로는 소속 정당, 정당 지지자 또는 개인의 이익을 위한 것이고
"국민의 의사"라고 표방하지만
실제로는 왜곡되거나 옳지 않은 여론인 경우도 있다.

우리 모두는
정치꾼의 선동에 넘어가서는 안 되고
"국민의 의사나 진리는
국민의 다양한 의견 속에 있거나
다양한 의견의 조율을 통해 도출되는 것"임을
명심해야 할 것이다.

윗물이 맑아야

'윗물이 맑아야
아랫물이 맑다'는
속담처럼
위정자가 맑아야
국민이 맑단다.

위정자가 훌륭해야
국민도 훌륭하고
국가도 잘 된다는 뜻이다.

어떤 사람들은
이런 명제 아래
국가의 모든 문제를
위정자의 문제로 돌리고 있다.

즉, 자신들은 바른데
위정자가 바르지 못해서
국가의 문제들이 발생한단다.
전혀 그른 말은 아니다.
그렇다고 옳은 말이라고 단언하기도 어렵다.

속담,
'나라는 백성이 근본이다'

民惟邦本 本固邦寧,
'백성은 오직 나라의 근본이니
근본이 공고해야 나라가 편안하다'

용비어천가의 한 구절,
'뿌리 깊은 나무는 바람에 흔들리지 아니하므로
꽃이 좋고 열매가 많다'

이런 명언들의 뜻을 종합해 보면
나라의 근본인 국민이 훌륭해야
나라가 잘 된다는 것이다.

이런 의미에서
국가의 모든 문제를
위정자의 탓으로만 돌리기에는
한계가 있다.

특히
국민주권시대인
현대 국가에서는 더욱 그렇다.

현대 국가에서
윗물은 위정자가 아니라
국민인 것이다.

위정자는 수탁자인 乙이고
국민은 위탁자인 甲인 것이다.

따라서 국가의 토대이고 주인이면서 윗물임과 동시에 甲인 국민이
훌륭해야 함은 당연하다.

이를 모두 종합하면
국민도 위정자도 모두 훌륭해야
좋은 나라를 만들 수 있다는 것이다.

그런데
어떤 이들은
자신들은 훌륭한데
위정자들이 썩어서
나라꼴이 말이 아니란다.

자신들은 훌륭한데
위정자들만 썩을 수 있는가?
위정자들이
뽑힌 사람이라는 이유로
아주 월등히 훌륭할 수 있는가?
위정자들이
하늘에서 강림했다면
가능할 수 있겠다.

그러나 뽑힌 사람도
뽑은 사람들 중의 일원이므로
뽑은 사람보다 무조건 월등할 수는 없다.

뽑힌 사람이
뽑은 사람보다 훌륭할 수는 있으나
뽑은 사람보다 아주 월등히
훌륭하기는 쉽지 않다.
위정자들은
뽑은 사람의 거울이기 때문이다.

거울에 비친 모습이 깨끗하려면
얼굴이 깨끗해야 하듯이
뽑은 사람이 훌륭해야
뽑힌 사람도 훌륭한 것이다.

물론
훌륭한 정치시스템을 갖추어
보다 나은 사람을 위정자로 뽑고
이들을 국민이 잘 감시한다면
보다 훌륭한 위정자로 만들 수 있을 것이다.

그러나 근본적 해결책은
모든 국민을 훌륭하게 교육시켜
그 중에서 보다 나은 인물을
위정자로 뽑는 것이다.

그러므로
국가는
'교육은 국가의 백년대계다'라는
인식하에
미래 인재의 양성 교육에 힘써야 하고,

국민들은
주인의식을 가지고
스스로 인성과 전문성 함양에
매진해야 한다.

우리 모두는
자신의 물을 맑게 해서
세상 물이 맑아지도록 확산시키는 일에 동참해야 한다.

헌법 개정 방향

권력구조 개편에 관한 개헌 논의가
계속되고 있는데,
개헌 논의의 계기가
무엇인가?

제왕적 대통령제 폐단을 없애고자 함
아니든가.

그렇다면
국민 대다수가 원하는 대통령제를 선택하되,
대통령 권한에 대한 견제 장치를 충실히 확보함이
민심이고 천심 아니겠는가.

헌법 개정 논의를 지켜본 결과
감히 민심을 추측해본다.

정부 내에서는
정책 결정의 민주성
인사의 공정성
인사 절차의 민주성을
확보하기 위한 장치가 필요하다.

대통령과 사법 간 관계에서는
법원과 검찰의 진정한 독립 장치가 필요하다.

대통령과 국회 간 관계에서는
여당의원의 대통령으로부터 종속관계 차단 장치가 필요하다.
국회의 예산권도 강화해야 한다.

대통령과 정당 간 관계에서는
공직후보 공천의 민주성 확보 장치,
즉 공천에서 대통령의 영향력 배제 장치가 필요하다.

권력구조의 핵심 사안은
권력기관 형성을 위한 선거에서
민의를 정확히 반영하기 위한 장치가 필요하다.
그렇지 않으면
헌법상 3권 분립이 아무리 잘되어도
공염불에 불과할 테니까.
다양한 민의를 정확히 반영하고
민주주의를 한 단계 성숙하게 만들려면
선거의 비례성 원칙 규정이 반드시 필요하다.

권력구조를 개편할 때
최고의 목표는
국민의 기본권을 최대로 보장할 최적의 방안을 찾는 것이다.

마음에 좋은
행복 온돌

제6장

노을 일기

한여름 폭염

반갑지 않은 손님처럼
갑자기 찾아온 한여름의 폭염.

피할 수 없는 자연 현상이라,
극복하려 해 보지만
이도 쉽지 않고
친구 삼길 청해 봐도
옆자리를 쉽게 내어주질 않네.

이 불청객을
말복은 데리고 갈 수 있으려나.

쳇바퀴 돌기

제주도에서
귀한 시간을 소중하게 보내고자
여행을 하고
책을 읽는다.

우쿨렐레 연습도 하고
글도 쓴다.

그러다
시간이 남으면
텔레비전과 논다.

그래도
시간이 남을 때면
가슴이 허해 온다.

허해진 마음 달래 보려
담배를 입에 문다.

그런 생활이
무한 반복되자
몸은 무거워지고
이곳저곳 아파 온다.

머리는 담배를
멀리하라고 명령한다.

그런데도
몸에서는
미묘한 느낌으로
담배를 부른다.

몸이 괴롭도록
담배를 피운다.

몸이 괴로우니
매일 담배를 멀리해야겠다고
다짐을 한다.

니코틴이 부족하게 되면
몸은 또 담배를 요구한다.

담배를 피우지 않아도
몸이 괴로울 정도는 아닌데
입에 담배를 물게 된다.

담배 연기를 마시고 나니
몸이 축 처진다.

하루 종일
담배로 몸을 학대한다.

몸의 학대로
몸이 아프면
마음도 괴롭다.

저녁이 되니
마음이 술을 당겨
술로 몸을 학대한다.

그리고 나서
오늘을 반성하고
실천 못할 바른 생활을
다짐한다.

마음의 불로초

세월이
나이테를
얼굴에 그리고 있는 건
어쩔 수 없지만
가슴속까지 그리게 할 수는 없는 일.

가슴속에 나이테를 그리기 전에
마음의 불로초를 심는 것이 상책.

그런데 마음의 불로초를
어디 가서 찾지?

국내 명산, 해외 명산 또는 고향?
아니면 다른 어디?

마음의 불로초 찾으러
마음 가는대로
어디든 훨훨 날아볼까.

하늘 나라 여행

어릴 땐
할배 할매들께서
하늘 나라로 여행을 갔었지.
그런 여행도 있구나 생각했었지.

청소년기엔
누구나 사고를 당하면
나이와 관계없이
하늘 나라 여행을 갈 수 있단 걸 알게 되었지.
막연한 불안감이 살짝 밀려들었지.

청년기엔
부모님보다 조금 연세가 많은 분들이
하늘 나라 여행을 갔었지.
그때까진 그래도 하늘 나라 여행이 남 일 같았지.

중장년기에
부모님께서 하늘 나라 여행을 가셨지.
큰 슬픔으로 다가왔었지.

요즘은
주변 또래들이
예고 없이 갑자기
하늘 나라 여행을 떠나기도 하지.
남 일 같지 않게 느껴지지.
삶의 좌표를 그려보게 되지.

계절의 변화

매미가 그의 계절인 여름을
보내기 아쉬워서
힘없이 울음을 토해내는데,

귀뚤이는 그의 계절인 가을을
환영하듯
귀뚤귀뚤 노래를 부르는구나.

항상 푸르르고 싶은 마음은
인생의 여름이 갈까봐서
아쉬운데

눈치 없는 몸은
가을을 부르는 소리를
삐그덕 애애고 내는구나.

옷을 입히니

구어체로 표현된 詩句에
감동되어
옷을 입히니
아름다운 詩가 되더라.

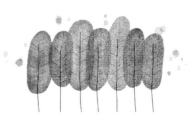

웃음꽃

식물은
일 년 중 며칠만
꽃을 피운다.
누구나 예쁘다고 감탄하면서 가까이 두고 싶어 한다.

나는
어느 때나 웃음 꽃을 피울 수 있다.
뿐만 아니라 머릿속엔 꿀을, 가슴속엔 시적 향기를 담아 놓았다.

앞으로도 한 동안은
세상이라는 정원을
아름답고 값지게 꾸미는
하나의 정원수가
될 수 있을 터인데...

필요로 하는 정원이 없네 그려. ㅜㅜ

상상 세계

드라마에서
당당하고 화려하게 비춰지는 재벌 2세!

재벌 2세에 대한 시기 반 부러움 반으로
화면 속으로 빠져든다.

재벌 2세역의 젊고 멋진 배우와
자신도 모르게 혼연일체가 되어 간다.

잠시나마
환상 세계로 여행하게 된다.

환상 속 여행에서는
멋진 배우를 닮은 재벌 2세가 된다.
성공에 대한 희망을 품어본다.

잠 못 드는 밤

늦은 밤,
잠을 청해 보는데
잠은 찾아오지 않고
이런저런 생각들이 찾아오네 그려.

취침시간을 놓치고 말았더니
불면이란 녀석이 몸을 놓아주지 않네 그려.

가끔은 수면제로 소용되는 책이
오늘은 소용없네 그려.

글을 몇 편 써 보네 그려.

아예 잠이 멀리 달아나고
새벽이 달려오고 있다는 소식이 오네 그려.

몸과 마음의 단련

몸을 혹사해서 그런지
마음을 혹사해서 그런지
나이 때문에 그런지
피곤이란 녀석이 자주 찾아온다. 반갑지 않게,

건강 문제가
고지 점령을 방해하게 해서는 안 된다. 꿈 꿔왔던 일도 역시.

명상으로 마음을 단련하고
달리고 또 달려서 몸도 단련해보자.

명품 시계

명품 시계의 모조품을
손목에 차 보았다.

이물감이 느껴지고
불편해서 곧 벗었다.

명품시계라면
불편하지 않을까?

명품시계라면
불편을 감수할 수 있을까?

이런 의문은
명품 탐심이나 물질만능주의에서 비롯된 것일까?

쭈욱

쭈욱 살고 싶어요.
아름다운 곳에서
좋아하는 일하면서
행복한 꿈꾸면서요.

아직 잘 모르겠어요.
그곳이 어디인지를요.

알기 쉽지 않아요.
아직도 좋아하는 일이
무엇인지를요.

아직도 정하지 못했어요.
행복한 꿈이 무엇이고
꿈을 실현하기 위한 방법이 무엇인지를요.

머리 쓰는 일과 손쓰는 일

하얀 와이셔츠 입고
회전의자에 앉아
머리 쓰는 일을 하는 것이
멋지고 좋아보였네.
가치 있는 일이라 생각했네.

그래서 그렇게
오랜 동안 살아왔네.

그런데
그동안 쌓아온 경력은
구시대의 유물이 되었거나
신세대에 밀리게 되었네.
필요로 하는 곳이 별로 없다 하네.

100세 시대인 요즘,
평생직장을 가진
장인이나 예술가가 대세 같네.

작업복이나 유니폼 입고서
뭔가를 열심히 만들거나 고치는
장인이나 예술가가 새삼 부럽네.

주로 손쓰는 일을 하는
장인이나 예술가가 되고 싶네.

'지금이라도 손쓰는 일에 입문해 볼까'
생각해보는데
오랜 습관 때문인지
행동이 안 따라주네.

안면인식장애?

어느 때부터인지,
모르는 사람은
거의 다 그 사람이 그 사람 같다.

인물의 평준화 때문인가?
얼굴 성형 때문인가?
두뇌의 노화 때문인가?

100원의 행복

어느 마트에서
장을 보고 나서
카트를 카트 보관소에
반납하러 갔다.

어떤 가족이
카트 보관소에서
카트 인출에 필요한
100원짜리 동전이 없다고
어쩔 줄 모르고 있었다.

카트를 반납하지 않고
카트에 100원이 장착된 상태로
그 가족에게 인계했다.

가족 다섯 명 모두가
미소 짓는다.

'다음에 꼭 100원 갚으세요.'
웃으며 말했더니
가족 모두가 하나같이
폭소를 터뜨린다.

그 가족을 따라 크게 웃었다.
오랜만의 큰 웃음이었다.

100원의 행복이
의외로 컸다.

오늘은 불금!
행복으로 불타오른다.

세월시계와 건강시계

젊어서 고생은
사서도 한다지만
버거운 풍파들, 참으로 많았네.

풍파와 함께하는 동안
젊음은 간데없고
주름살이 그 자리를 차지했네.

세월의 훈장을 보고 있자니
모진 풍파는 잊었는지
젊음만 그리워지네.

그렇다고 세월의 시계를
되돌릴 수는 없는 일,
건강 시계를 늦출 수밖에...

그대로

자연을 감상하고
사람들을 관찰하고
사람들의 이야기를 듣고
그대로 적었더니
글이 되더라.

글에 사유와 감동이란
옷을 입혔더니
사람들이 詩라 하더라.
좋더라.

껏 마심

양껏 마셨다.
그것도 공짜로.

마음껏 마셨다
고마운 줄 모르고.

지금껏 습관처럼 마셨다.
아무 생각이나 느낌 없이 마시는 줄 모르고.

이제껏 공기를 그렇게 마셨다.
은덕을 망각하고.

공기 같은 주변사람들에겐
어찌했는가?

하늘 날기

누구나
나는 새를 보면
하늘을 날고 싶은 생각이 들 거다.
하늘을 날아
어디든 가고 싶어 할 거다.

하늘을 날면
세상 모든 것을 얻은 것처럼
행복한 생각이 들 거다.

어느 날
비행기를 타고
새가 나는 곳보다 높은
구름 위를 날게 되었다.

비행기 창밖을 통해
계속 구름 위를 내려다본다.
하얀 구름이
모습을 바꾸면서 흘러간다.
어떤 구름은
뭉게뭉게 올록볼록 모습으로 눈길을 끈다.
신비롭고 아름답다.
땅에서 보기 드문 아름다움이다.

뒷좌석에 앉은 이는
계속 카메라 셔터를 누른다.

아쉽게도
세상 모든 것을 얻은 것처럼
느껴지진 않는다.

여러 번
경험해서인가?

스스로
나는 게 아니기 때문인가?

긴~ 연휴

주변의 웬만한 관광지는
모두 다 가봤다.
운동도 하루 갔다 왔다.
낮잠도
충분히 잤다.
텔레비전 채널도
이리저리 돌릴 만큼 돌려봤다.
인터넷 서핑, 독서, 글쓰기도 했는데
눈이 피로해서
더 이상은 하기 힘들다.
동네도 한 바퀴 빙 돌았는데
시간이 얼마 안 걸렸다.

뒹굴뒹굴 해본다.
시간이 잘 안 간다.

그렇다고 출근하는 날이
기다려지는 것도 아니다.

점점점

선배의 아들 결혼식이 있어서
오랜만에 고향 같은 국회에 왔다.

종전 모습 그대로
여전하다.

잔디 마당에서
태권도 행사가 열리고 있어서
생동감 있어 보이는 것이
좀 다르다.

의원동산 야외결혼식장에서
선배 동료들을 만났다.

몇 분을 빼고는
그간 안부 인사를
주고받은 사이가 아니다.
좀 어색한 만남이다.
하지만 반갑게 인사를 나눴다.

언제 한 번 보자고
겉치레 인사를 하는 몇 분도
만났다.

최근에 필자가 출간한 책을
샀다는 분과 곧 구입하겠다는 분도
만났다.

많이 만났으나
마음을 주고받을 수 있는 분은
몇 안 되는 듯하다.

인생이란 점점점...

푸념 아닌 푸념

70대의 할배 선배님을 만났다.
흰 머리도 얼마 없고
얼굴에 주름도 별로 없다.

10년 이상 젊어 보인다고
덕담을 하자
푸념을 하기 시작한다.

어느 날 할배 선배님이
지하철 경로석에 앉아 있으니까
한 노인이 와서
자리를 비키라고
재촉하더란다.

할배 선배님이
'나도 노인이오.'라고 했더니
민증 까라고 하더란다.
'민증 안 가지고 왔다'고 했더니
여기저기서 비난이
쏟아지더란다.

어느 날은 또
할배 선배님이
지하철 개찰구에 경로우대 교통카드를 대는 순간
지하철공사직원이 와서
신분증을 보여 달라고 하더란다.

신분증을 보여줬더니
공사 직원이
고개를 갸우뚱갸우뚱하면서
신분증을 돌려주더란다.

가끔 노인 취급을 안 해줘서
불편하다는 푸념 아닌 푸념을
한 참이나 한다.

요즘 참 좋은 세상이다.
살만한 세상이다.

육체는 젊은데 나이만 노인인
젊은 노인들이 많고
젊은 노인들이 각종 경로 혜택을 받고 있으니까.
혜택이 부족하다고 푸념들을 하고 있기는 하지만.

별 볼일 없는 사람

별 볼일 없는 사람,
별 보겠다고
하루 종일 분주했네.

이리 뛰고 저리 뛰어도
별 볼일 없이 하루가 가고
어느새 깜깜한 밤,

점점이 하늘에 뜬 별 보고
텅 빈 집에 들어오니
집에서도 별 볼일 없네.

별 볼일 없으니
불도 끄지 못한 채
소파에 그대로 쓰러지듯
잠드네.

별을 보고 싶어도
불을 끄고 싶어도
별 볼일 없으니
불 끌 필요가 있겠는가!

졸작에 대한 지인의 평가

뭐라고 해야 하나?
왜 그런 거 있잖아요!

평범한 글 같으면서도
심오한 뜻이 숨겨 있고
시 같은 느낌이랄까.

뭐라고 해야 하나?
왜 그런 거 있잖아요!

이어폰 나눠 끼고
같은 음악 듣는 느낌이랄까.

뭐라고 해야 하나?
왜 그런 거 있잖아요!

읽고 있는 동안
필자의 마음속에
잠시 들어갔다 나온 그런 느낌이랄까.

당신의 글이 말이요!

사랑도 잊게 하는 순간

맑고 푸른 바다가
내려다보이는 어느 멋진 식당!

가슴 울리는 옛 노래가
감미롭게 흐르는 가운데

옛 친구들이
오랜 추억을 식탁에 올리니
분위기가 화기애애 좋아지네.

소주잔이 몇 순배 돌고서
우스갯소리가 오고가니
폭소가 터져 나오고
분위기가 한껏 고조되네.

어느 친구,
'이 순간만은 사랑도 필요 없다'
멋진 말을 하면서 마냥 좋아하네.

모두 공감의 웃음으로
화답하네.

그림자

그림자랑 단둘이 걷다 보니
문득 떠오른다.
'아는 사람의 그림자라도 볼 수 있다면...'

소중한 인연

아름다운 제주에서
뜻밖에 좋은 인연을 만났다.

처음 만났지만 처음이 아닌 듯
친근함이 느껴진다.

라오스 국회의원들의
농업 발전에 관한 열정,
친절하고 웃음 가득한 모습,
따뜻한 마음씨,
흥 넘치는 노래 실력에서
애국심과 행복이 읽혀진다.

닮고 싶습니다.
닮은 외모에 더하여
행복한 마음도 닮고 싶습니다.

즐겁게 함께 하는 동안
인연의 끈도 탄탄해졌습니다.

이렇게
가르침 주시고
소중한 인연 이어 놓고
벌써 떠나신다 하니
진한 아쉬움이 남습니다.

소중한 인연
앞으로도 계속
마음으로라도 이어가겠습니다.

솜푸 두앙사반 의원님을 비롯한 여러분의
가시는 길마다
부처님이 함께 하시어
안전하고 행복한 귀국길 되시길
진심으로 기원합니다.

컵짜이

엉뚱 철학(1)

눈을 감고
조용히 생각해 본다.

몸에서 정신이 빠져 나가면
몸의 존재 가치는 무엇일까?
만물 중의 하나에 불과한가.

몸이 만물 중의 하나에 불과하다면
사람의 가치는 정신에서 비롯된다는 건데...

그렇다면
과연 정신은 무엇인가?

정신은
무게도 없다.
그 가치를 측정하기도 어렵다.
언행으로 그 가치를 측정할 수 있을 뿐.

죽고 나면 보통사람의 언행은
물거품처럼 사라지고 만다.
그렇다면 보통사람의 언행은
가치를 부여할 만큼 대단하지는 않다.

사람의 가치는 정신에 있고
보통 사람의 정신은 대단한 가치가 없는데
왜 인간은 존엄한가?

세상에 마호메트, 석가, 공자 세 분만 산다고 가정해도
세상이 천국으로 변하지 않았고
지금처럼 발전하지 못했을 것이다.

세상이 지금처럼 번영하게 된 것은
보통 사람들의 생각이 교차되고 모이고 융합되었기 때문은 아닐까.

보통 사람의 생각 하나하나는
가치가 없더라도
그 의견이 모이고 융합되면 세상의 빛이 되는 것은 아닐까.

그래서 인간은 누구나 존엄한가!

엉뚱 철학(2)

인권을 침해당하면
왜 방어적 태세를 취하는지 생각해 본다.

미물도 밟히면 꿈틀하는 것과 같이
생존이나 보호 본능 때문인가?
인간 존엄에 대한 도전을 받았다고 생각하기 때문인가?

인권 개념이 성립되지 않은 선사시대에는
인간 존엄 사상이 거의 없었을 테니,
주로 생존이나 보호 본능 때문이었을 테고.

노예제도가 있던 시대에도
노예가 존엄한 존재로 취급 받지 못했을 테니,
주로 생존이나 보호 본능 때문이었을 테고.

그렇다면, 인권침해에 대한 방어 이유의 기저에는
생존이나 보호 본능이 깔려있다고 볼 수 있겠군.

인간의 존엄성 사상은
민주화되면서 중시되고 공고화되었으니!
인간의 존엄성이 그 때부터 비로소
인권을 수호하는 최후의 보루가 되었겠군.

엉뚱 철학(3)

과연 인간은 본래부터 존엄한가?

창조론에 의하면
인간은 본래 존엄한 존재겠지.

진화론에 의하면
인간이 본래 존엄한 것이 아니라
인간이 공존하기 위해서
인간을 존엄하게 규정하고
존엄하게 대하는 것 아닌가!(갸우뚱).

마음에 좋은
행복 온돌

제7장

웡기는 야그

핫도그풀

어떤 신사가
어느 핫도그 가게에 갔더니
사장 아즈망이 넘 매력적이더란다.

핫도그에는
관심이 안 가고
오직 아즈망에게만 마음이
가더란다.

아즈망에게
어떻게든 말을 걸고 싶더란다.

용기를 내서
근처에 있는 풀이름을 물었단다.

아즈망이 풀이름을
알려 주었는데
아즈망 얼굴만 바라보다가
미처 귀를 열지 못했단다.

여행하다보니
제주도 이곳저곳에서
그 풀이 눈길을 끌더란다.

그 풀을 볼 때마다
아즈망 얼굴이 그려지더란다.

풀이름에 대한
궁금증이 더해가더란다.

풀이름을
핫도그풀로 지었단다.

핫도그풀을 카메라에 담고
아즈망을 가슴에 담아 돌아왔단다.

원 플러스 원

어떤 돌싱 미남이
버스 안에서 가끔
어느 미인을 마주치게 되었단다.

마주침이 계속되자
서로
눈인사하는 사이에서
자리 양보하는 사이까지
발전하게 되었단다.

미남은
어느 날부터
미인이 버스를 타지 않으면
그녀가 궁금해졌단다.
자연스레 그녀에게
관심이 가기 시작했단다.

그래서
서로 전화번호를 교환하고
안부를 묻는 사이가 되었단다.
다행히 미인도 돌싱이란다.

미남은
'서로 인연일 수 있다'는
생각이 들어서
같이 식사할 것을 제안했단다.

식사 제안을 받은 미인은
거절도 동의도 하지 않고
자연스레 화제를 바꾸더란다.

미남은 살짝 민망했단다.
그래서 한동안 미인에게
연락하는 것이 망설여졌단다.
실제로도 연락을 못했단다.

그후
미인은 한동안 버스를 타지 않았고
식사 제안에 답도 하지 않더란다.

미남은 미인 소식이 궁금했지만
그냥 애만 태웠단다.

여러 날이 지난 후
드디어, 미인이
'같이 식사하는데 친구랑 같이 나가도 되겠어요'라고
미남에게 묻더란다.

미남은 그것도 감지덕지라는
생각이 들어서
미인의 제안을 기꺼이 동의했단다.

그 후로도 계속
미남은 원 플러스 원을 상대로
데이트를 했단다.

원 플러스 원 데이트가 반복되자
미남은
원 플러스 원이 부담스럽단다.
둘만의 데이트가 그립단다.

그래도
미남은 원 플러스 원 데이트를
거절할 수 없단다.
그런 데이트마저 못하게 되면
미인을 영영 볼 수 없을까봐서...

미남은
모든 원 플러스 원이
다 좋은 줄 알았는데
데이트의 원 플러스 원만은
영 아니란다.

미남은 미인과 재혼을
꿈꾸는데 고민이란다.
재혼을 원 플러스 원으로는
할 수 없기 때문이란다.

여러분이라면
어떻게 하시겠어요?

옛날 옛적에

옛날 옛적에
훌륭한 왕과
우아하게 아름다운 왕비가
살았드래요.

왕은
국정을 돌보느라
항상 바빴드래요.
국민과 사랑에 빠졌드래요.
국민의 존경을 받았드래요.

왕비는
문화활동 참여에
모든 시간을 할애했드래요.
왕의 사랑을 국민에게 빼앗긴 왕비는
왠지 모르게
마음 한 구석이 허전했드래요.

어느 날
왕비는 어느 문화행사에서
멋진 프랑스 문호를 만났드래요.

왕비는
문호를 보는 순간
자신도 모르게 심쿵했드래요.

문호가 왕비에게
문학과 예술에 관한 이야기를
많이 했드래요.

왕비는 설레서
문호의 말이 귀에 들어오지 않고
문호의 얼굴만 눈에 들어 왔드래요.

왕비는
첫눈에 문호와
사랑에 빠진 것이래요.

왕궁으로 돌아 온 왕비는
문호의 얼굴이
눈 앞에 아른거려서
아무 것도 할 수 없었드래요.

정략결혼한 왕비인지라
사랑의 감정을 전혀 모르고
살아왔는데
문호를 그리게 되면서
사랑이 무엇인지
알게 되었드래요.

왕비는
신분이 왕비인지라
문호를 마음으로만
사랑할 수밖에 없었드래요.

왕비는
말수가 점점 줄고
가슴이 타들어 갔으며
식욕은 점점 없어졌대요.

왕이
왕비에게 물었드래요
'우아 아름답고 따뜻한 왕비는 어디가고 왜 이렇게 야위어 가냐고?'

그러나 왕비는
아무 말을 할 수 없었드래요.

왕비는
문호를 만날 수 없었기에
꿈에서라도 만나려고
무척 애를 썼드래요.

그러나
왕비의 간절한 마음에도 불구하고
문호는 꿈에서도 만날 수 없었드래요.

왕비는
문호 보고 싶은 마음을
종이에다 쓰고 지우고
또 쓰고 지우길 반복했드래요.

왕비는 계속 야위어 갔드래요.

왕비의 수척한 모습에 걱정이된
시종이
왕비의 메모지를
어느 날 우연히 발견했드래요.

시종이 왕비와 상의한 후
문호에게 소식을 전했드래요.

다행인지 불행인지
문호도 왕비와 같은 마음이었드래요.

왕비와 문호는
죽음을 무릅쓰고
며칠 후 몰래
어느 성에서 만나기로 했드래요.

왕비는
설레임과 약간의 불안함으로
잠을 이룰 수가 없었드래요.

왕비에게 며칠은
곧 몇달처럼 느껴졌드래요.

(다음에 계속)

마음에 놓은
행복 온돌

초판 1쇄 발행 2022년 2월

지은이 | 박종희
펴낸곳 | 초이스디자인
주 소 | 서울시 중구 퇴계로 187 국제빌딩 907호
전 화 | 02-2275-2633~4
이메일 | choicedn71@daum.net

ISBN 979-11-965574-2-3